www.tredition.de

Astrid Ebi

Jophiel und die Verabredung mit meiner Vergangenheit

Roman

www.tredition.de

© 2019 Astrid Ebi

Verlag und Druck: tredition GmbH, Hamburg

ISBN
Paperback: 978-3-7482-3839-3
Hardcover: 978-3-7482-3840-9
e-Book: 978-3-7482-3841-6

Das Werk, einschließlich seiner Teile, ist urheberrechtlich geschützt. Jede Verwertung ist ohne Zustimmung des Verlages und des Autors unzulässig. Dies gilt insbesondere für die elektronische oder sonstige Vervielfältigung, Übersetzung, Verbreitung und öffentliche Zugänglichmachung.

„Vergangenheit will erkannt werden, um damit abzuschließen und frei gegenwärtig zu leben."

Prolog

Begegnung mit Fritjof

Mehr schlechtes Wetter ging nun wirklich nicht. Ich verweilte, mit meinem Kaffeebecher in der Hand, vor dem Küchenfenster und machte mir ernsthafte Gedanken. In wenigen Stunden fand die Hochzeit von Lena und Christian statt. Ich sollte diesen glücklichen Tag verewigen. Nun kamen mir heftige Zweifel, im Freien und bei diesem Wind, auch nur ein einziges gescheites Foto zu schießen. Nachdenklich sah ich meine Hündin an. „Ich glaube, Molly, ich rufe Lena an und frage sie was wir machen. Bestimmt hat sie einen Plan „B"."

Am anderen Ende der Leitung flötete die glückliche Braut Lena in den Hörer und gab mir die Telefonnummer von einem Fritjof, ihrem Trauzeugen. Sein kleines Landhaus mit einer urigen Scheune nebenan wäre eine gute Alternative zu den Bildern im Freien.

„Wie kommt denn ein Fritjof zu uns in den Schwarzwald?" fragte ich Lena. „Der Name passt eher in den Norden." Sie lachte herzhaft. „Naja, genauso wie du, ist er als Kind mit seiner Familie hierhergezogen. Soweit mir bekannt ist, wurde er irgendwo an der Nordseeküste geboren."

Das weckte bei mir, mit meiner Liebe zur Küste, natürlich Neugierde. Ich war gespannt auf unser Treffen. „Na, dann wird unsere Begegnung sicher lustig. Wieso bist du denn so gut drauf? Stört es dich überhaupt nicht, dass ausgerechnet heute so ein Sauwetter ist?" Lena kicherte. „Ach weißt du, das ist nicht meine erste Ehe und ich befinde mich in den, sagen wir, besten Jahren? Da ist man schon ein wenig näher an der Wahrheit dran und weiß, dass es in einer Beziehung zuweilen stürmisch zugeht. Dieses Wetter heute spiegelt eine Ehe realistischer wieder als blauer Himmel und Sonnenschein. Findest du nicht?" Und ob ich das fand.

Ich rief gleich bei diesem Fritjof an und hatte Glück, ihn auch zu erreichen. Er sah kein Problem für ein Fotoshooting in seiner Scheune. Ich sollte in die Mozartstraße kommen, er wäre zu Hause. Irritiert von seiner Stimme und der heiteren Wortwahl musste ich an Jophiel denken.

Es war bereits später Vormittag, als ich meinen Wagen vor Fritjofs Haus parkte. Ein Bilderbuchanblick versetzte mich in wilde Schwärmereien. „Molly, schau dir das bloß an, wie schön. Hier würde ich auch gerne wohnen." Mein Hund wedelte wild mit dem Schwanz, als ich über ihren Kopf streichelte.

Ein altes Landhaus, in viel liebevoller Arbeit restauriert und mit dem nötigen Sinn für kleine Details ausgestattet, entzückte meinen Blick. Das urige Walmdach mit einer kleinen Gaube. Die dunklen Ziegel, die weißen Backsteinwände, die großen, tannengrünen Fensterrahmen mit Sprossen unterteilt, und die grünen Klappläden mit Lamellen, strahlten eine Ruhe aus, die sich augenblicklich auf den Betrachter übertrug. Das Haus war ein Traum! Neben einer weißen historischen Eingangstür, deren oberer Abschluss mit einem bunt verglasten Lichtband gekrönt war, lud ein kleines, rotes Bänkchen zum Verweilen ein. Der liebevoll eingezäunte Vorgarten begleitete jeden Schritt des Besuchers und führte ihn wohlbehalten direkt in die Geborgenheit des Hauses. Wenn es nicht gar so furchtbar gestürmt und geregnet hätte, wäre ich stundenlang dort stehen geblieben. Nachdem ich Molly an die Leine genommen hatte, versuchte ich, meine blonden, halblangen Locken wenigstens einigermaßen in Form zu bringen. Ich drückte auf die Klingel, unter der zu lesen war:

Fritjof Harmsen, Journalist und Schriftsteller.

Als Fritjof die Türe öffnete, stolperte ich vor Schreck die Stufen rückwärts hinunter. Dieser schlanke, große, gutaussehende Mann, in Jeans und lässigem Pullover gekleidet, blickte erschrocken auf mich herab. „Oh, tut mir leid ich wollte Sie nicht erschrecken." Mit hochroten Wangen lag ich vor ihm auf dem Weg und schämte mich zu tiefst. Die Nässe drang durch meine Kleider. Was für ein Déjá-vu. So lag ich damals auch vor Jophiel, auf dem Boden. Fritjof kam einen Schritt auf mich zu, reichte mir freundlich seine Hand und half mir beim Aufstehen. Sein außergewöhnlicher Duft Drang an meine Nase und verwirrte mich noch mehr.

„Sie müssen Mareike sein? Haben Sie sich verletzt?" Unsere Blicke trafen sich. Seine braunen Augen funkelten wie die von Jophiel. Wortlos ergriff Fritjof meinen Arm und geleitete mich ins Haus. Noch immer kam kein Ton über meine Lippen. Nachdem er mir ein Handtuch gereicht hatte, bat er mich Platz zu nehmen. Ich plumpste in den mächtigen Ohrensessel und wusste nicht wohin mit meinen Beinen. Die Hose klebte unangenehm auf meiner Haut.

Fritjof brachte mir ein Glas Wasser und schüttelte teilnahmsvoll mit dem Kopf. „Sie sind schrecklich blass um die Nase herum. Geht es Ihnen gut?" „Ähm, ich denke, es geht mir …", unfähig den Satz zu beenden. Meine Augen hafteten fasziniert an seinem Gesicht. „Jophiel? Bist du es?" Besorgt überprüfte Fritjof meine Pupillen. „Ich bin Fritjof Harmsen, der Trauzeuge mit der Scheune. Können Sie sich erinnern?"

Hastig trank ich einen Schluck Wasser, verschluckte mich und schnappte nach Luft. Krächzend versuchte ich, Klarheit zu bekommen. „Ich muss mich entschuldigen, aber sie sehen aus wie jemand, den ich sehr gut kenne. Ihr Mund ist etwas schmaler, die Haare ein wenig kürzer, aber die Stimme, die Augen, der Bart und ihr Duft, all das lässt mich vermuten, dass Sie doch Jophiel sein müssen. Sind Sie sich ganz sicher, dass Sie Fritjof sind?"

Amüsiert lächelte er mich an, nahm meine Hand und sagte: „Kommen Sie, ich zeige Ihnen die Scheune, damit Sie auf andere Gedanken kommen. Ich bin nämlich ganz sicher nicht …, wie hieß er noch?" „Jophiel." „Genau. Aber Sie dürfen mir gerne von ihm erzählen."

Wie konnte ich mich nur so benehmen? Was musste Fritjof nur von mir denken? Wie peinlich. Am liebsten wäre ich auf der Stelle davongerannt, wäre da nicht mein Auftrag gewesen und diese unglaubliche Neugierde. Warum ähnelten sich Fritjof und Jophiel so?

Gemeinsam begutachteten wir die Scheune, wobei meine Augen stets in seine Richtung schielten.

„Die Scheune ist wunderbar. Das ist genau die richtige Kulisse für Lena und Christian. Mit ein paar Tüchern über den Strohballen, einer Heugabel daneben und Kerzen sieht es nachher aus wie in einem Liebesnest. Ich möchte viele Kerzen hier aufstellen. Meinen Sie, das geht?"

Verflixt, immer wenn unsere Blicke sich trafen, war ich mir sicher, dass er zumindest mit Jophiel verwandt sein musste. Ich ließ nicht locker. „Eine Frage würde ich Ihnen doch noch gerne stellen. Haben Sie vielleicht irgendwo einen Bruder der Jo…", doch er ließ mich nicht ausreden, lachte laut und sagte:

„Nein, ich habe keinen Bruder, und ja, es könnte gefährlich werden mit den Kerzen, aber wenn wir dabeibleiben und einen kleinen Feuerlöscher parat stellen, lässt sich das machen. Wir brauchen ja keine Ewigkeit für die Aufnahmen?"

Eifrig räumten wir gemeinsam die Scheune auf. Fritjof half mir dabei das Dekorationsmaterial aus dem Auto zu laden. Der Regen peitschte in unsere Gesichter. Wir lachten über dieses eindrückliche Hochzeitswetter, scherzten über unsere etwas unglückliche Begrüßung von vorhin und waren schnell beim `Du`. „Tasse Kaffee gefällig?" Fritjof reichte mir einen dampfenden Becher. „Wir sind uns vor drei Stunden das erste Mal begegnet und schon habe ich das Gefühl, dich eine Ewigkeit zu kennen. Es fühlt sich so vertraut mit dir an. Versteh mich nicht falsch, wenn ich sage, es fühlt sich vertraut an, aber so ein Gefühl hat man nur bei bestimmten Menschen." „Mir geht es genauso, Mareike. Es macht Freude, mit dir zusammen zu sein. Aber jetzt muss ich mich umziehen, sonst heiratet Lena ohne ihren Trauzeugen. Wir sehen uns später."

Wie oft ich mir die Fotos von dieser Hochzeit später angeschaut hatte, konnte ich nicht mehr zählen. Sie waren wundervoll. Mir fiel auf, wie oft ich meine Beachtung Fritjof geschenkt hatte. Er war mehr auf den Fotos zu entdecken, als irgendein anderer Gast. Während der Foto-Session in der Scheune hatte er ein Blitzen in den Augen, das definitiv mir hinter der Kamera galt. Er hatte tatsächlich mit mir geflirtet und das auf die gleiche charmante Art wie Jophiel.

Wir tanzten, lachten und blödelten herum. Er erzählte von seiner ersten Ehe und dass er seit fünf Jahren allein lebe. Vor einem Jahr sei er fünfzig Jahre alt geworden und seine beiden Jungs hatten ihm zu diesem Anlass eine Eintrittskarte für ein Musical geschenkt. Fasziniert glitt ich in seine Erzählung und staunte nicht schlecht über die Euphorie, die ihn dabei überkam. Fritjof gab mir einen Einblick, in eine mir unbekannte, emotionale, hingebungsvolle Männerwelt.

Wir trafen uns regelmäßig. Aus unserer anfänglichen Freundschaft wurde nach einigen Wochen eine behutsame Liebschaft. Mit Fingerspitzen tasteten wir uns leise vorwärts und trugen die Zärtlichkeit an den anderen heran. Wir waren uns der Verletzlichkeit der enttäuschten Herzen durchaus bewusst und hüteten uns, diese Tatsache zu verdrängen.

„Versprich mir, nicht mit meinen Gefühlen zu spielen und mich zu nehmen wie ich bin", bat ich ihn. Fritjof küsste mich leidenschaftlich und sah mich dann ernst an. „Wir zwei sind uns geschenkt worden. Ich liebe dich, Mareike und werde versuchen meine Stärken und Schwächen mit dir zu teilen. Wir tragen keine Scheuklappen mehr, sind gebrannte Kinder, die wissen, worauf es in einer Beziehung ankommen sollte. Respekt vor der Einzigartigkeit eines jeden ist die Basis, auf die wir bauen müssen. Wir sind wie eine

Landschaft, die es zu entdecken gibt, die jedoch in ihrer Ursprünglichkeit erhalten sein will. Ich lade dich ein, in meinem Herzen zu wohnen. Hab keine Furcht."

Eins zu Eins Jophiels Wortlaut. Das war mir unheimlich. Wer um Himmels Willen war Fritjof? Er merkte sofort, dass meine Gedanken plötzlich ganz woanders waren. „Woran denkst du gerade? Wieder an diesen Jo… hm, wie hieß er noch? Willst du mir nicht endlich von ihm erzählen?" Erschrocken blickte ich ihn an. „Das ist nicht so wie du denkst. Ich hatte nichts mit ihm. Es fällt mir aber schwer zu erklären, was mich mit Jophiel verband. Eine völlig surreale Geschichte, die ich manchmal selber kaum glauben kann. Verstehst du? Und ich habe Angst, dass du mich auslachst oder für verrückt hältst, wenn ich dir von meiner mystischen Reise mit ihm erzähle." Er hob die Finger zu einem Schwur und lächelte. „Ich kann es nur verstehen, wenn du dein Geheimnis preisgibst. Hab doch keine Angst. In meinem Job habe ich schon so viele verrückte Storys erlebt, dass ich mittlerweile glaube, dass in diesem Universum alles möglich ist. Schieß los, ich bin gespannt."

Fritjof meinte es ernst. Er holte fest entschlossen sein Diktiergerät, stellte es auf den Tisch, verschränkte die Arme vor seiner Brust und nickte mir aufmunternd zu. Ich schluckte dreimal kräftig. „Na gut, du hast es so gewollt. Warte einen Moment, bitte." Mit schnellen Schritten lief ich in die Küche, holte eine Flasche Rotwein, zwei Gläser, setzte mich neben ihn auf die Couch und begann zu erzählen:

Kapitel 1

Jophiel

„Weißt du, wenn wir davon ausgehen, dass jeder Mensch ungefähr alle sieben Jahre eine innere und äußere Wandlung vollzieht, dann habe ich das Gefühl, meine Wandlungen aufgespart zu haben, die damals so ziemlich alle innerhalb einiger Monate über mich hereingebrochen sind. Ich war lange genug auf der Erde unterwegs, um ein ordentliches Stück Vergangenheit zu schreiben, die es zu ergründen galt, um zu erfahren, ob ich überhaupt bin, wie ich bin. Aber so sehr ich mich auch bemühte, ich kam nicht dort an, wo ich hinwollte. Stattdessen beschäftigte ich mich ausschließlich damit, die Situationen, die das Leben angeblich so aufregend und vielfältig gestalteten vor mir aufzutürmen. Ich hielt die Wahrheit über den Sinn unseres Daseins für unergründlich. Anscheinend gelingt es einem Menschen nicht, ohne durch die berühmten Tiefen gewandert zu sein, in den Genuss der alles übertreffenden Höhen des Lebens zu gelangen. Wer auch immer diese philosophische Erkenntnis von sich gegeben hat, musste nach dem Fall aus der Gnade den ultimativen seelischen Höhenflug erreicht haben. Glückwunsch! Mir gelang es auf jeden Fall nicht, mich bei dem täglichen Kampf um die Sinnesfrage, Zufriedenheit, Angstfreiheit und Liebe überhaupt noch selber zu erkennen.

Wie gerne hätte ich mir meine Kinder und Jugendzeit, meine Ehe, ja, mein ganzes verkehrtes Leben im Zeitraffer angeschaut, um Klarheit zu bekommen, was mir fehlte. Wann war der Moment gewesen, in dem ich mich vergaß und Resignation mein Leben zum Stillstand gebracht hatte? Doch es schien unmöglich, meine Erinnerungen in eine angemessene Form zu bringen. Wie eine wilde Herde junger Antilopen sprangen die Gedanken herum. Sie versperrten den Weg zu mir und meiner Vergangenheit. Mein

Wunsch, jemandem zu begegnen, der mir half, das Durcheinander in meinem Kopf zu sortieren, wurde immer größer. Diese Unordnung spiegelte sich auch äußerlich bei mir wider.

Eigentlich sah ich noch recht anschaulich aus, doch das Leben hatte mich müde gemacht. Die blonden Locken hatten an Schwung verloren und die grünen Augen aufgehört zu strahlen. Meine schlanke Figur versteckte ich unter weiten Kleidern, die an mir herunterhingen wie Kartoffelsäcke. War meine Vorstellung von Partnerschaft, von Familie denn völlig verquer? Was hatte ich übersehen? Seit Jahren stellte ich mir immer wieder diese Fragen. Wo waren Kraft und Zuversicht geblieben?"

Unsicher blinzelte ich zu Fritjof rüber, der sich entspannt zurückgelehnt hatte und einen Schluck Wein genoss. Seine Augen waren geschlossen. „Geht es nicht weiter? Ich mag es wenn du erzählst. Bis jetzt, klingt deine Geschichte sehr Verzweifelt. Ich bin gespannt wie es weiter geht." „Geht grad weiter, musste nur meine Nase putzen." Verlegen zückte ich das Taschentuch und schnäuzte hinein. Eigentlich wollte ich nur wissen, ob er mir wirklich zuhörte und nicht bereits vor Lachen seinen Bauch hielt. „Wo war ich stehengeblieben?" Ich überlegte. „Ach ja, genau." Ein tiefer Atemzug leitete meine Fortsetzung ein:

„Es war ein Freitagmorgen, der mein Denken und Handeln für die weitere Zukunft grundlegend ändern sollte. Ich erwachte und sah einen fremden Mann in meinem Zimmer, der ausgiebig einen Ordner studierte. Er musste schätzungsweise in meinem Alter sein, also Mitte vierzig. Seine halblangen, dunklen Haare, die beachtliche Größe und die schlanke Figur wirkten beeindruckend.

Er trug eine Jeanshose, ein helles Hemd mit einer dunklen Weste und ein graues Sakko. Seinen Kopf zierte ein grauer Panamahut. Irgendetwas an ihm war allerdings anders. Sein Glanz blendete mich. Ein mystisches Licht, wie man es sonst nur aus Fantasy-Filmen kannte. Der Fremde blätterte aufmerksam in dem Ordner herum und wiegte seinen Kopf leicht hin und her. Manchmal murmelte er ein „Soso" oder „Jaja" oder gab ein strenges, wenn auch leicht belustigtes „Nana" von sich. Auf dem Ordner stand mit großen Buchstaben mein Name geschrieben.

Das Blut pulsierte in meinen Adern und eine dumpfe Angst kroch unter meine Bettdecke. Ich kratzte all meinen Mut zusammen, räusperte mich zwei, drei Mal und fragte mit zaghafter Stimme: „Wer bitte sind Sie? Was machen Sie hier?" Endlich bemerkte er mich. Er drehte sich zu mir um, sodass ich sein Gesicht erkennen konnte. Seine tiefbraunen Augen blickten mich freundlich an. Der markante Dreitagebart wirkte sehr männlich. Wenn er lächelte, verlieh ihm das einen Zauber, in dem man sich verlor. Die Haare hatte er zu einem gepflegten Zopf zusammengebunden, der unter dem Hut hervorlugte.

Meine Angst wich einem Gefühl des Erstaunens. Mir gingen reichlich belanglose Dinge durch den Kopf. Wie ich wohl aussehen musste, mit meinen wilden, zerzausten Haaren, dem zerknitterten Gesicht und einem ausgelotterten Nachthemd? Nervös nestelte ich an meinen Fingern herum. Er lächelte mich an, sodass mein Herz umgehend seinen Rhythmus beschleunigte. Wie selbstverständlich sprach er mich an. „Du bist aufgewacht, Mareike, das ist schön. Somit können wir ja beginnen." Lässig schob er seinen Hut etwas nach hinten. Hatte er gesagt, wir können beginnen? Was bitte meinte er damit? Neugierde siegte über meine Ängstlichkeit und ich überwand mich, in die Offensive zu gehen. „Ich hätte gerne eine Erklärung für das, was hier gerade vor sich geht." Der Schweiß stand auf meiner Stirn. Ich tupfte ihn mit dem Ärmel des Nachthemdes ab. Misstrauisch sah ich ihn an und wartete auf eine plausible Antwort. Der Mann schien nach den passenden Worten zu suchen. „Ich bin gekommen …" Nachdenklich fuhr er sich mit dem Finger über die Nase. „Hattest du nicht danach verlangt?" Seine gerunzelte Stirn verriet Unsicherheit. Mir wurde plötzlich schwindelig. „Wonach verlangt?" fragte ich.

„Nun, nach Orientierung." Verwundert zupfte ich an meinem Ohrläppchen herum. „Ich habe mir lediglich in Gedanken jemanden gewünscht, der mir aus meinem momentanen Gefühlschaos heraushilft und den zermürbenden Stillstand in meinem Leben endlich in Bewegung bringt. Dabei dachte ich gewiss nicht an eine irrationale Erscheinung in meinem Zimmer."
„Es liegt alleine bei dir, ob ich dir zu unwirklich erscheine, um gemeinsam dein vergangenes Leben zu betrachten. Ich könnte das durchaus verstehen." Was er da von sich gab, überstieg meine Vorstellungskraft. Ich bat ihn, das Zimmer zu verlassen, damit ich mich anziehen konnte.

Wortlos verließ er das Zimmer. Nachdem die Türe hinter ihm ins Schloss gefallen war, schnappte ich mir eilig eine Jeanshose, ein T-Shirt und zog mich hastig an. Nach einigen Minuten klopfte er sacht an meine Zimmertüre. „Alles in Ordnung? Geht es dir gut, Mareike?" „Ja, alles gut. Moment noch." Auf einem Bein hüpfend versuchte ich mir die zweite Socke überzustülpen, als die Türe plötzlich aufging und ich vor Schreck auf meinem Allerwertesten landete.

Dieser Fremde konnte sich das Grinsen nicht verkneifen, reichte mir jedoch höflich seine Hand. Unschlüssig lächelte ich ihn an. Immer noch blieb mir seine Erscheinung ein Rätsel. „Komm schon, Mareike, hab keine Angst, gib mir deine Hand." Keine meiner absurden Fantasien in Bezug auf seine materielle Beschaffenheit bestätigten sich. Eine warme, starke Hand zog mich mit Schwung vom Boden hoch. Wir standen uns unweigerlich ganz nah gegenüber. Ich schaute in seine Augen und spiegelte mich in ihnen wie in einer Glasscheibe. Mich überkam eine vage Ahnung, dass er es tatsächlich sein konnte, der mich aus meinem Labyrinth herausführen würde. Beherzt verschränkte ich die Arme vor der Brust und begutachtete ihn kritisch.

„Also jetzt mal im Ernst, wie heißt du? Und wo kommst du her?" fragte ich eindringlich. Er setzte sich auf meine Bettkante, klopfte mit den Fingern auf den freien Platz neben sich und gebot mir mich zu setzen. „Mein Name ist Jophiel. Wo ich herkomme, kann ich nicht in Worte fassen. Vielleicht direkt aus deiner Seele? Ich bin einfach da und das nur aus einem einzigen Grund: Ich biete dir an, mit dir auf die Suche zu gehen um deine Antilopen einzufangen." Er fand das sehr witzig und zwinkerte mir zu. „Wieso weißt du von dem Durcheinander in meinem Kopf?" „Dazu kommen wir später. Eines muss dir vorher klar sein. Wenn du mit mir diesen Weg gehst, wirst du zuweilen die Fantasie nicht von der Wirklichkeit unterscheiden können. Wachen und Träumen werden manchmal ein und dasselbe sein. Nur wenn du zulässt, dass diese Grenzen verschwimmen, werde ich zurückkommen."

Ich holte tief Luft. „Gehen wir davon aus, du kommst zurück. Was geschieht dann?" „Dann wird es sehr anstrengend und gewiss auch manchmal schmerzlich. Je eindrücklicher die Erfahrungen sind, die du bei diesem Rückblick machen wirst, umso nachhaltiger wirst du daraus lernen. Wenn wir zurückgehen bis in deine Kindheit, werden wir herausfinden, wer du wirklich bist, wie du bist und warum. Wobei das Warum eine große Rolle spielt. Denn unendlich viele Muster und Rollen werden euch Menschen im Laufe eines Lebens übergestülpt. Und ihr nehmt sie an, um zu gefallen oder um zu verdrängen."

Ich verstand überhaupt nichts mehr. „Ich werde darüber nachdenken. Das klingt gerade alles sehr verwirrend. Wenn ich mich dazu entschließe, wie sage ich dir Bescheid?" Jophiel nahm meine Hand. „Ich werde wissen, wann ich kommen muss. Nun nimm dir die Zeit, um in aller Ruhe über unser gemeinsames Abenteuer nachzudenken." Mit dem Ordner unter dem Arm verließ er mein Zimmer und schloss die Türe.

Unfähig mich zu regen saß ich eine gefühlte Ewigkeit auf der Bettkante und stierte teilnahmslos vor mich hin. Hatte ich das jetzt geträumt? Ich wusste, es gab Dinge zwischen Himmel und Erde, die niemand erklären konnte. In einer Studie stand geschrieben, dass der Mensch sich mehrmals am Tag in einem kurzen, tranceähnlichen Zustand befand. Das würde erklären, warum wir uns manchmal nicht erinnern konnten, wie wir von A nach B gekommen waren, oder wieso diverse Sachen plötzlich unauffindbar waren, obwohl wir sie kurz vorher in den Händen hatten. Ein logisch denkender Mensch nannte es Gedankenlosigkeit. Doch scheint uns genau diese Trance in einen Zustand zu versetzen, in dem der Verstand sich für einen Moment ausklinkt und wir ausschließlich mit der rechten Hemisphäre unseres Gehirns verbunden waren. Nämlich die Hemisphäre, die uns mit Kunst, Musik, Intuition, Inspiration und dem Irrationalen verbindet.

War Jophiel auf diese Weise zu erklären? Ich musste unbedingt herausbekommen, wer Jophiel war. Vorher wartete jedoch der Tag mit all seinen Aufgaben auf mich und es fiel mir schwer, mich darauf zu konzentrieren.

„Mama, hast du meine schwarze Bluse gesehen?" Meine Tochter Ella unterbrach die Grübeleien. Wie jeden Morgen stand die junge Dame unter Zeitdruck und verfluchte lautstark ihr eigenes Chaos. Unsere kleine Hündin Molly suchte vorsichtshalber Schutz unter dem Tisch. Ein schlauer Hund, der aus Erfahrung wusste, dass die nächste halbe Stunde ziemlich turbulent werden würde. „Schau mal genau in deinem Schrank nach", rief ich ihr zu.

Ella war meine ältere Adoptivtochter. Mit ihren achtzehn Jahren schien sie das unorganisierteste und unordentlichste Wesen zu sein, das ich kannte. Ihre um nur ein Jahr jüngere Schwester Jette hingegen hielt Ordnung für das halbe Leben. Die beiden lieferten sich so manchen unerbittlichen Kampf, wenn das

Durcheinander, das Ella im Badezimmer hinterließ, ein katastrophales Ausmaß annahm. „Ich finde sie aber nicht", ertönte vom oberen Stockwerk eine erboste Stimme. „Bestimmt hat Jette sie wieder angehabt." „Hab ich nicht! Schau gefälligst, dass du deine Sauerei in den Griff bekommst und beschuldige nicht immer mich." Jette kam schimpfend die Treppe heruntergepoltert, schnappte sich eine Tasse Kaffee und trank sie im Stehen.

„Guten Morgen erst mal, meine Liebe", begrüßte ich sie und versuchte bewusst ruhig und freundlich zu wirken. Ich schenkte mir ebenfalls eine Tasse Kaffee ein und lehnte mich an die Küchentheke. Sanft schaute ich Jette in die Augen, wobei ich mich nicht richtig konzentrierte, weil meine Gedanken stetig um die Begegnung mit Jophiel kreisten. Wie immer fühlte Jette sich bedrängt von meinen Blicken. Ich erntete ein muffiges: „Is was?" „Nee, bei mir ist alles gut. Und bei dir?" Bevor sie mir antworten konnte, wurden wir von Ella unterbrochen, die halb nackt und keifend vor uns erschien. „Echt jetzt, wer hat denn die scheiß Bluse? Ich habe heute eine Konferenz mit dem Chef und brauche sie dringend. Außerdem hab ich es voll eilig", dabei blitzten ihre Augen provokant Jette an. Die stöhnte auf und zischte nicht minder genervt zurück: „Menschenskind, zieh doch voll eilig einfach einen anderen Scheiß an! Wird deinem Chef doch egal welche Bluse du trägst." Ungefähr zehn Minuten später stürzte Jette, begleitet von meinen guten Wünschen für diesen Tag, zur Haustüre hinaus. Wie immer stieß ich auf taube Ohren. Ella trug nun eine rote Bluse und schlürfte missmutig ihren Tee. Natürlich im Stehen.

An ein gemeinsames Frühstück war schon lange nicht mehr zu denken. Ludwig, mein Mann düste, wie so oft, quer durch Europa, um wichtige Geschäfte zu erledigen, und die Mädchen strampelten sich frei von meinem hochsensiblen Mutterkomplex. Ich streichelte kurz über Ellas Wange und lächelte sie an. Ungehalten streifte sie meine Hand weg. „Mama bitte, ich kann das jetzt wirklich nicht brauchen." Sie schnappte ihre Tasche, lief zur Haustüre und ließ diese mit einem ordentlichen Knall ins Schloss fallen. Erst am Abend würden wir uns wiedersehen.

Jette machte eine Ausbildung als Gärtnerin. Sie pendelte täglich mit dem Bus in einen Nachbarort. Es war mehr als nur ein Beruf für sie, es war eine Passion. Ella fuhr mit ihrem kleinen roten Ford Fiesta in die Stadt, um dort auf dem Rathaus in der Verwaltung zu lernen. Ich konnte mir, bei ihrem Ordnungssinn ihren Schreibtisch beim besten Willen nicht vorstellen. Doch schien der Arbeitsplatz etwas anderes zu sein, als die häusliche Umgebung. Einfach nur so, für mein persönliches Wohlbefinden, ging ich an die Türe, öffnete sie, schaute kurz hinaus und flüsterte in die Stille: „Ich wünsche euch einen schönen Tag, meine Kinder."

Fast ehrfürchtig, mit feuchten Augen schloss ich die Türe leise hinter mir, lehnte mich dagegen und atmete tief durch. Mit zunehmendem Alter regte sich in mir eine Wehmut, der ich nicht ausweichen konnte. Ella und Jette erinnerten mich täglich daran, wie viele Jahre in meinem Leben schon vergangen waren. Wie viele Jahre, in denen viele kleine Lügen den Selbstbetrug genährt hatten. Neigte man nicht nach langer, entbehrungsreicher Zeit zu Untertreibungen und Schönfärberei, um die Missstände besser ertragen zu können? Es fehlten mir Kraft und Mut, um etwas daran zu ändern. Konnte es wirklich sein, dass nun jemand auftauchte, der mir helfen wollte, meine Welt in Ordnung zu bringen? Oder fiel eine fremde Erscheinung in meinem Zimmer eher unter die Kategorie Schwachsinn?

Zu meiner Erleichterung hatte ich heute meinen freien Tag. Nach einem schnellen Spaziergang mit Molly setzte ich mich an den Computer und suchte kurzentschlossen nach dem Namen Jophiel, den ich nie zuvor gehört hatte. Ich fand folgende Erklärung:
„Der Name des Erzengel Jophiel bedeutet: Gott ist meine Wahrheit. Er ist der Engel der Erleuchtung, Weisheit und Beständigkeit. In seinem Wesen liegen Weisheit und aufopfernde Geduld. Diese Geduld macht sich stets dann bemerkbar, wenn man sich dazu entschlossen hat, dem

Dasein neue Impulse zu geben und damit eine Richtungsveränderung vorzunehmen. Voller Verständnis wird uns Jophiel auf unserem neuen Weg begleiten."

Das war starker Tobak. Ich starrte auf den Bildschirm, bis der Text vor meinen Augen flimmerte. Ein kalter Schauer lief mir über den Rücken. Ein Engel? So gläubig war ich gar nicht, als dass ich an eine reale, irdische Existenz irgendwelcher Himmelsgestalten glauben würde. Die Vernunft kämpfte mit der Fantasie, die Seele mit dem Verstand und das Gefühl mit der Logik. Bis eine innere Stimme zur Ruhe mahnte und die Zweifel umgehend verstummten.

Beruhte nicht das Leben auf einzige Wahrscheinlichkeitstheorie, die auf wackeligen Füßen stand? Keiner wusste, was ihm im nächsten Augenblick widerfahren würde. Warum sollte mir nicht auch einmal etwas Spektakuläres widerfahren? Jede Fantasiegeschichte fühlte sich schließlich für den Betrachter auch authentisch an. Weshalb sonst weinten wir mit den Fabelwesen der großen Filme, lachten mit ihnen, waren wütend oder ängstlich? Für den Moment schienen sie so real wie du und ich. Meinte Jophiel vielleicht genau das, als er von den Grenzen sprach, die verschwimmen würden?

Die jungen Damen kamen mit dem gleichen Krawall am Abend nach Hause, mit dem sie mich am Morgen verlassen hatten. Taschen und Schuhe flogen in eine Ecke. Sie quakten aufgeregt durcheinander. Eine heitere Stimmung verbreitete sich. Meine beiden Morgenmuffel hatten sich zu fröhlichen Nachtfaltern entpuppt.

Wir saßen ausgelassen am Abendbrottisch. „Kann mir jemand verraten, warum Männer nicht genauso fühlen wie Frauen?" fragte Ella plötzlich. Ich staunte, wie früh dieser Geschlechterwahnsinn bereits um sich schlug. „Ich schätze, das liegt in der Natur der Sache", versuchte ich zu erklären. Jette meinte ironisch: „Sie sind Jäger und sehr mit Äußerlichkeiten und der Suche nach dem passenden Weibchen zum Zwecke der Fortpflanzung beschäftigt. Da ist kein

Platz für Gefühle." Grinsend steckte sie sich eine Scheibe Käse in den Mund. „Wieso? Hast du Probleme mit deinem Max?" „Nö, eigentlich nicht, aber manchmal versteht er einfach nicht. Zum Beispiel waren wir gestern im Kino und bei der einen oder anderen Liebesszene kullerten meine Tränen. Er macht sich lustig über mich." Ella zog gespielt die Mundwinkel nach unten. Jette versuchte sie aufzuheitern: „Mach dir nichts draus, lach einfach mit ihm. Er hätte bestimmt auch gerne geweint, aber er trägt das schwere Los, ein Mann zu sein."

Für einen Augenblick vergaß ich Jophiel. Innig betrachtete ich die Mädchen. Mein Gott, wie ich sie liebte. Trotzdem war ich nie wirklich zufrieden. Immer war da diese Sehnsucht. Ein Sehnen nach Halt und Fürsorge, nach Ungezwungenheit, Liebe, Sorglosigkeit und natürlich nach Anerkennung. Eine Schulter an die ich mich lehnen konnte. Einen Mann, der die Verantwortung für die Kinder mit mir trägt und mich lieben würde, so wie ich war.

Nachdem die Mädels in ihren Zimmern verschwunden waren, hoffte ich inständig auf ein erlösendes Zeichen von Jophiel.

Drei lange Tage später geschah es endlich. Ich kuschelte mich auf die kleine Bank in meinem Garten, als ein Duft, wie nur Jophiel ihn verströmte, an meine Nase drang. Erstaunt schlug ich die Augen auf und sah, wie er vor mir im Gras kniete und Molly streichelte. Schließlich setzte er sich neben mich, legte seine Hand auf mein Knie und blickte mich von der Seite an. „Ich grüße dich, Mareike. Wie ist es dir ergangen?" Ohne nachzudenken plapperte ich drauf los. „Ich habe Angst. Es ist so schwierig, das Gefühl mit dem Verstand zu vereinen. Ich kann einfach nicht sagen, ob es dich wirklich gibt, oder ob ich verrückt geworden bin. Menschen, die einsam sind, werden wunderlich mit der Zeit." Jophiel streckte sein Gesicht der Sonne entgegen. „Das ist wohl wahr. Lässt du dich jedoch auf unsere Reise ein, wirst du dich daran gewöhnen müssen, dass alles, was du siehst, dir auf zwei Ebenen begegnet. Bin ich jetzt für dich vorhanden oder nicht?"

Ich schaute ihn an und berührte seinen Arm. „Du bist da, ja, ich kann dich fühlen und hören und, riechen. Bist du wirklich ein Engel?" „Jeder kann ein Engel sein. Die Menschen neigen dazu, sich Wesen auszudenken, wenn sich ihr Leben unsicher anfühlt. Deine innere Wirklichkeit ist keine Illusion, sondern eine Erfahrung geistiger Wachsamkeit. Nichts belastet den Menschen mehr, als die Ungewissheit. Offene Fragen lassen unklar, wie man handeln soll. Ein Engel oder Gott füllen diese Leere. Das Unwirkliche ermöglicht euch, das reale Leben zu meistern. Ein Engel ist ein Zwischenwesen, ein mächtiges Symbol, das dir ein positives Selbstwertgefühl und Zuversicht vermittelt. Du fühlst dich nicht mehr alleine. Ein Phänomen, das Himmel und Erde verbindet, weil euch Menschen der Himmel unerreichbar scheint. Vielleicht bin ich einfach deine innere Stimme in Menschengestalt." Wir saßen eine Zeit lang still nebeneinander. Endlich wandte Jophiel sich mir zu und umschloss mit beiden Händen meine Wangen, sodass ich gezwungen war, ihn anzuschauen. Wir sahen uns tief in die Augen. Es fühlte sich angenehm anders an. Durchdringend, gnädig und auf eine wohlwollende Art entblößend. „Ich weiß, Mareike, es braucht Mut. Bitte glaube mir, du bist nicht wahnsinnig, sondern berufen, deinem Herzen zu folgen. Nicht jede Welt ist allen sichtbar, aber sie ist deswegen nicht unwirklich." Er reichte mir den Ordner. Zögerlich blätterte ich die erste Seite auf.

„Lies das erste Kapitel. Deine Geschichten führen dich zurück zu verschiedenen Stationen deines Lebens. Unter anderem dorthin, wo Ereignisse deine Seele erschütterten und Überlebensstrategien geboren wurden, die dich gefangen halten und bis heute dafür verantwortlich sind, dass du nicht weißt, wer du wirklich bist." „Und wann treffe ich dich wieder?"

Ein wenig Sorge schwang in meiner Frage mit. Jophiel lächelte mich liebevoll an. „Keine Angst, ich lasse dich nicht alleine. Wann wir uns das nächste Mal begegnen, hängt davon ab, wie dringend du mich brauchst. Es wird aber gewiss zur rechten Zeit sein. Nun geh und kämpfe den guten Kampf, der nur Sieger hervorbringen kann."

Auf dem Weg ins Haus drehte ich mich noch einmal um und sah die Bank verweist und leer. Jophiel war fort. Mich faszinierte seine ungewöhnlich steife, förmliche Art sich auszudrücken. Es umgab ihn ein Geheimnis aus einer anderen Welt. Er wirkte glaubwürdig und weise. Wenn er mich verschmitzt anlächelte und seine Augen funkelten, kamen die Worte nicht belehrend, sondern aufrichtig und ermutigend über seine Lippen. Ich wollte ihm vertrauen.

Kapitel 2

Jophiel`s Aufzeichnungen

Ich nahm mir Jophiel's Ordner, schlug ihn auf und begann zu lesen. Zu meiner Überraschung begannen seine Aufzeichnungen vor meiner Geburt:

Willkommen

Als deine kleine Seele sich entschlossen hatte auf diese Welt zu kommen, um zu lernen was sie noch nicht wusste, suchtest du dir Irene Holzmann, eine kleine, zierliche Frau mit blonden Haaren und grünen Augen aus. Du fühltest dich willkommen bei ihr. Ihre hohe Stimme klang, wenn auch gedämpft, lieblich in deinen Ohren. Wenn sie sich über den Bauch streichelte, um dich zu liebkosen, hattest du dich nah an ihre Hände gedrängt und leicht gegen ihre Bauchdecke geklopft. Du hattest dich gefreut, wenn Irene dann mit dir sprach. Ihr Herz schlug in einem lustigen Takt, der dich sanft in den Schlaf wiegte. Wenn du nicht schliefst, war alles was du wahrnehmen konntest spannend. War Irene aufgeregt oder ärgerlich, übertrug sich ihre Unruhe auf dich. Im Großen und Ganzen fühlte sich aber alles gut an, bis es plötzlich ziemlich eng wurde und du geduldig darauf gewartet hattest, endlich hier raus zu dürfen. Ein beschwerlicher Weg für dich und Irene. Aber du vertrautest und wusstest, dass es nur diesen einen Weg ins Leben gab. Der erste Atemzug stieß schmerzhaft die Luft in deine Lungen. Das beißend, helle Licht brannte in deinen Augen. Verzweifelt suchtest du nach Wärme und Halt. Doch die Hebamme ließ dich gnadenlos kopfüber baumeln und klopfte sacht auf deinen kleinen Popo, um die Atemwege vom Fruchtwasser zu befreien.

Wenigstens beeilte sie sich mit diesem Ritual, trennte die Nabelschnur durch und legte dich in eine mit warmem Wasser gefüllte Badewanne. Es wunderte dich, dass keiner auf deine Hilfeschreie. reagierte. Stattdessen stellten sie anerkennend fest, dass dieses kräftige Organ auf eine strotzende Gesundheit deuten ließ. Wenn sie nur gewusst hätten, wie elend du dich fühltest.

Endlich, nach der langen Prozedur, durftest du an der Brust deiner Mutter liegen. Du konntest sie nicht sehen, aber riechen und schmecken. Ihre wohlige Haut und der Duft nach Liebe und Muttermilch gefielen dir. Andächtig und völlig erschöpft streichelte Irene dein zartes Gesicht. Sie küsste glückselig deine kleinen Händchen und konnte ihren Blick nicht von dir lassen. Irene nannte dich Mareike. Mareike Holzmann.

Lächelnd ließ ich den Ordner auf meine Knie sinken. So fühlte es sich also an, in dem Bauch meiner Mutter zu liegen, die sich von Herzen auf mich freute. Damals, in den sechziger Jahren, gab es nur wenige Kliniken, die den Vätern erlaubten bei der Geburt des Kindes anwesend zu sein. Mein Vater, Johannes Holzmann, lief also ungeduldig auf dem sterilen Krankenhausflur hin und her, um auf die freudige

Nachricht zu warten. Er erzählte mir einmal, was er in dieser Zeit machte und wie es sich für ihn anfühlte.

Mit schier unerträglicher Spannung wandte er kaum den Blick von der verschlossenen Türe des Kreissaales. Immerzu hegte er die Hoffnung, die Schwester möge mit der erlösenden frohen Botschaft herauskommen. Dann endlich hörte er den Urschrei. Ein unschuldiges, zaghaftes Wimmern des Neugeborenen. Aufgeregt wartete er, bis sich der Vorhang vor dem kleinen Fenster des Babyzimmers hob. Diese Zeremonie kannte er bereits von der Geburt meiner Schwester Ruth. Die Hebamme Elfi, die genauso breit wie hoch war, zeigte mich ihm kurz hinter der Scheibe, zwinkerte lächelnd und zog die Gardine wieder davor. Gerührt, stolz, aber auch etwas verloren stand er auf dem Gang, während Elfi ihren grauen Lockenschopf zur Türe herausstreckte und zu ihm sprach: „Kommen Sie morgen wieder, Herr Holzmann, Ihrer Frau und dem Kindchen geht es gut, aber sie brauchen jetzt Ruhe." Gehorsam trottete er die Flure entlang zum Ausgang. Was blieb ihm anderes übrig? Wie frisch amputiert, abgetrennt von dem Wunder das gerade geschehen war, begab Vater sich auf den Heimweg.

Ich hatte Glück mit meinen Eltern. Sie gehörten zu der Spezies, die sich der Zerbrechlichkeit einer Kinderseele bewusst waren. Zumindest damals noch.

Mein Vater steckte meist in einem Anzug und trug eine Krawatte. Als Kind sah ich zu ihm auf und war fasziniert von seiner seriösen und gradlinigen Erscheinung. Wir sahen ihn leider nur selten. Lediglich die Wochenenden galten der Familie. Meine Großmutter mütterlicherseits kam täglich, half bei der Hausarbeit oder schaute nach uns Kindern. Sie füllte die Lücke, die Vater allzu oft hinterließ. Wir liebten unsere Omi.

Zwei Jahre nach meiner Geburt folgte meine Schwester Luzia und ein Jahr später begrüßten wir Malte, unseren Bruder, den langersehnten Stammhalter von Johannes Holzmann. Die beiden Schwestern, waren sehr temperamentvoll und das kleine Brüderchen, der Hahn im Korb. Sie machten es mir schwer, mich durchzusetzen. Ich lernte schnell, angenehm aufzufallen, um ein Stückchen Aufmerksamkeit der Erwachsenen zu erhaschen.

Aufgeregt und voller Spannung las ich weiter in den Aufzeichnungen über mein Leben.

Ernst des Lebens

Mit fünf Jahren war dein Geist in der Lage, bewusst zu empfinden, Gedanken zu speichern und als Erinnerung wiederzugeben. Die Zeit der bewussten Wahrnehmung war gekommen. Aber auch die Zeit, in der du langsam vergessen hattest wo deine Seele herkam. Begierig nach Erklärungen und andächtig in deinem Wesen schenktest du dein Herz jedem, der dir wohlgesonnen war. Du spieltest gerne den Clown, um den Menschen ein Lachen abzugewinnen. Wie ein Lebenselixier floss die Fröhlichkeit durch deine Seele. Du warst gerne mit den Menschen zusammen, hörtest ihnen zu, blicktest in ihre Augen und konntest ihre Stimmungen spüren.

Dann dachtest du dir lustige Geschichten aus, die für ihren Gemütszustand verantwortlich sein könnten. Für dich war völlig klar, dass jeder so fühlte wie du.

Als der Ernst des Lebens beginnen sollte, klangen dir diese drei Worte bedrohlich. „Was ist der Ernst des Lebens, Mama?" fragtest du. „Nun meine Kleine, das sagt man, wenn die Kinder in die Schule kommen und lesen und

*schreiben lernen. Wie Ruth es bereits macht. Dort müsst ihr euch, zumindest für den Vormittag, auf die wichtigen Dinge konzentrieren und könnt nicht einfach nur spielen."
„Aber ich habe immer wichtige Dinge zu tun, Mama." Sie lächelte dich herzlich an und nickte. „Gewiss, mein Kind, doch diese Dinge in der Schule lernst du für später, für dein Leben, deinen Beruf." Mutter weckte dich gut gelaunt an deinem ersten Schultag. „Aufstehen, mein Spatz." Sie gab dir einen Kuss. „Heute ist dein großer Tag. Deine Schultüte wartet schon."
Dir war mulmig im Bauch und weil Ruth hereinplatzte und noch ein paar dumme Sprüche über den Ernst des Lebens machte, wurdest du aus unerfindlichen Gründen traurig. Du hattest das alles überhaupt nicht lustig gefunden. An der Hand deines Vaters habt ihr den Schulhof betreten. Viele aufgeregte Kinder sprangen um die Beine ihrer Eltern herum. Manche kannten sich bereits und tuschelten miteinander. Voller Hoffnung, dass Vater dich niemals loslassen würde, drücktest du seine Hand, so fest*

du konntest. Deine großen grünen Augen suchten verzweifelt seinen Blick. Doch er ließ dich los. Und es begann für dich der erste Albtraum deines Lebens.

Die junge Lehrerin, Frau Kunert, selbst Mutter von drei Kindern, war sehr angespannt. Es galt dreißig Erstklässler zur Ruhe zu bringen. Mit Demütigungen und Strafen verschaffte sie sich, vom ersten Tag an, absoluten Gehorsam. Ihr Blick erinnerte dich an die böse Stiefmutter aus dem Märchen und wenn die Kopfnüsse auf eure Häupter schlugen, wärst du gerne wie Pinocchio aus Holz gewesen. Wenn deine mühevoll geschriebenen Buchstaben nicht ihren Vorstellungen genügten, stellte sie dich zur Strafe in die hinterste Ecke des Klassenzimmers. Tränen rührten die Lehrerin wenig. Nichts drang bis zu ihrem Herzen durch. Leider traf ihr Zorn, ihre Unbeherrschtheit und Ungeduld jedes Kind. Und es war fast noch schlimmer für dich, den Bestrafungen der Mitschüler hilflos zuzusehen, als selber bestraft zu werden. Dann schmerzten deine kleinen, zu Fäusten geballten Hände unter dem Tisch.

Der ständige Druck in deinem Hals, der dich immerzu schlucken ließ, wurde nach einem halben Jahr unerträglich.

Selbst das Atmen tat dir weh. „Du Mama, warum sind manche Menschen böse?" fragtest du. Dein Kinn fing an zu flattern. Die tapfer bewahrte Fassung verselbständigte sich. „Aber wer ist denn böse zu dir, mein Schatz?" Mutter kniete sich vor dich hin. Sie streifte dir liebevoll eine Locke aus dem Gesicht. Nun gab es kein Halten mehr. Das kleine Rinnsal, welches über all die Wochen in deinem Bauch vor sich hinplätscherte, stieg höher und höher. Es bahnte sich den Weg wie ein tosender Wasserfall aus deinen Augen. Schluchzend, mit halb erstickter Stimme, erzähltest du ihr was euch angetan wurde.

„Das ist ja schrecklich, warum hast du mir das nie erzählt? Mein armer kleiner Schatz." Eine Träne kullerte über die Wange deiner Mutter. Sie zog dich in ihre Arme und wiegte dich sanft, bis du dich ein wenig beruhigt hattest.

Frau Holzmann war zutiefst schockiert über die unzumutbaren Zustände in dieser Klasse und gleichzeitig enttäuscht über sich selber. Sie hätte schon längst etwas bemerken müssen. „Das war bestimmt sehr traurig und auch anstrengend für dich. Natürlich werden Papa und ich dir nun helfen. Versprich mir, Mareike immer alles zu sagen, was dir Sorgen bereitet." Mutter küsste deine Stirn und wischte die Tränchen von deinen Wangen.

Deine Eltern nahmen dich aus dieser Klasse und du durftest die erste Klasse wiederholen. Man sah darin eine zweite Chance für dich und hatte die Hoffnung, dass es dir gelingen möge die schwarzen Schatten des Schulerlebens mit bunten Farben zu übermalen.

Entsetzt von der Brutalität damals, rollten Tränen über meine Wangen. Schniefend holte ich mein altes Fotoalbum heraus. Beim Betrachten der Bilder verschmolz ich mit der einst kleinen Mareike, die sich ängstlich hinter ihrer viel zu großen Schultüte versteckte.

Der Schmerz, die tiefe Traurigkeit, die mich als Kind überrollt hatte, erwachte in mir und es fühlte sich selbst im Rückblick nicht weniger schlimm an. Was mir in Kindertagen widerfahren war, löste die Angst, nicht zu genügen aus, die bis heute ihre Früchte trug.

Nun erinnerte ich mich. Dies musste die Geburtsstunde, der traurigen Schwere in meinem Herzen sein, die ich mir nie erklären konnte. Das Gefühl der Unzulänglichkeit wuchs stetig auf einem fruchtbaren Boden. Seit Jahren gab auch mein Mann mir das Gefühl, nur liebenswert zu sein, wenn ich seinen Bedürfnissen entsprach.

Es galt, die Wurzeln dieses Übels zu packen und herauszureißen. In mir loderte ein Verlangen, das kleine Mädchen von früher in meine Arme zu schließen.

Wie oft weinte die kleine Mareike damals heimlich und begann, an der Güte, Gerechtigkeit und Weisheit der Erwachsenen zu zweifeln. Die Überzeugung, jeder würde mich lieben, wenn ich mir Mühe gab, verlor ihre Kraft. Tiefe Betroffenheit darüber, dass Menschen die Liebe missverstehen, wurde zu einem stillen Begleiter meines jungen Lebens. Wenn meine Omi mir sagte: „Was du nicht willst, mein Engel, dass man dir tu, dass füg auch keinem anderen zu", wurde mir klar, dass es einfach zu wenig Großmütter gab, die ihren Enkeln jene wichtige, mitmenschliche Umgangsregel beibrachten.

Ich wünschte, Jophiel wäre hier. Oh, worauf hatte ich mich nur eingelassen? Erinnerungen, die ich für immer vergessen wollte, die ich mit Erfolg jahrelang verdrängt hatte, sollten dazu beitragen, meine jetzige Situation zu verändern? Mir fiel es schwer, an einen Nutzen dieser Aufarbeitung zu glauben. Ich saß im Wohnzimmer am Fenster. Mein Blick fiel ins Leere.

Wie selbstverständlich stand Jophiel plötzlich neben mir, legte seine Hand in meine und wir beobachteten schweigend einen kleinen Vogel, der aufgeregt sein Gefieder putzte. Ich wusste nicht recht mit der Situation umzugehen. Jophiel war mir fremd und doch so nahe. Vorsichtig zog ich meine Hand zurück. Vertieft in seine Beobachtungen meinte er: „Schon possierlich, diese kleinen Himmelsstürmer, nicht wahr? Sie folgen fröhlich ihrer Bestimmung und ihr Gesang verstummt erst wenn sie gestorben sind." Ich nickte, trank einen Schluck Kaffee und fragte: „Auch einen Kaffee?" „Aber gerne doch."

Wir verlagerten unser Gespräch in die Küche. Jophiel hatte das Hemd, die Weste und sein Sakko gegen ein grünes Shirt getauscht. Den Hut trug er allerdings immer noch. Er Unterschied sich eigentlich nicht von anderen Männern, bis auf das warme Licht, das ihn umgab. Verlegen begann ich die Unterhaltung:

„Warum weiß ich nie, wann du kommst? Das ist mir unangenehm. Ich fühle mich so beobachtet."

Er lehnte sich lässig an den Tresen, wie meine Mädchen es immer taten, rührte mit dem Löffel in seiner Kaffeetasse und schaute freundlich zu mir auf. „Natürlich. Entschuldige bitte. In Zukunft wird diese Melodie erklingen, bevor ich aufkreuze. Wäre das in Ordnung?" Jophiel pfiff, wie ein kleiner Vogel, eine kurze Tonfolge. „Das ist gut. Damit kann ich leben." Ich schmunzelte.

„Wie waren deine ersten Verabredungen mit deiner Vergangenheit? War es schwer für dich?" fragte er unvermittelt. Meine Mundwinkel stürzten augenblicklich nach unten. „Soll ich ehrlich sein?" Nachdenklich suchte ich nach den richtigen Worten. „Zum Heulen. Was tue ich mir hier eigentlich an? Mir war nicht bewusst, dass die Erlebnisse von früher noch einmal so schmerzen würden. Die erste Geschichte war ja noch recht amüsant. Die Tatsache, dass jemand schon vor meiner Geburt Buch geführt hat, überraschte mich doch sehr."

Jophiel lächelte. „Die Seele ist bereits in dem ungeborenen Körper." „Das ist schön zu wissen. Nachdem ich allerdings das Kapitel über mein erstes Schuljahr gelesen hatte, übermannte mich das Gefühl, unerwünscht und minderwertig zu sein. Der Glaube an das Gute zerbrach in der kleinen Mareike. Wie ein verschrecktes Tier zog ich geduckt durch meine gesamte Schulzeit. Die Angst, zu versagen, begleitet mich bis heute. Meine Strategie, nicht aufzufallen, um keine Angriffsfläche zu bieten, funktionierte in dieser Zeit recht gut." „Und es funktioniert auch heute noch, nicht wahr?" Jophiel zog die Augenbrauen gespannt nach oben: „Du hast als Kind gelernt, dass Wohl der anderen vor deines zu stellen und daraus kann niemals Gutes entstehen", fuhr er fort. „Nun kommt es darauf an, ob du dich in Zukunft mehr ehren möchtest und sorgsamer mit dir umgehen willst. Zuerst kommst du. Wenn du dich gefunden und lieben gelernt hast, findest du die Kraft mit vollen Händen zu verschenken, was du für dich nicht benötigst. Ansonsten zehrt dich das, was du gibst, aus. Verstehst du mich?"

Ich brauchte Zeit, um seine Worte für mich in eine verständliche Reihenfolge zu bringen. Mir fiel das Buch ein, das mir eine Freundin vor geraumer Zeit geschenkt hatte. „Hast du schon mal etwas von hochsensiblen Persönlichkeiten gehört?" fragte ich ihn. „Ich fühle mich oft überfordert, wenn mir ein Mensch gegenübersteht. Wenn er nicht ehrlich zu mir ist, spüre ich das sofort und es macht mich unendlich traurig. Bis heute habe ich nicht gelernt, meine Empfindungen zu filtern."

Jophiel freute sich offensichtlich. „Mareike, das ist eine wundervolle Gabe und du wirst lernen, sie richtig zu nutzen, indem du dich beobachtest und keine Angst mehr vor deiner Fähigkeit hast. Je aufmerksamer du mit dir umgehst, umso leichter fällt es dir, dich auch einmal zu distanzieren."

Molly stupste an mein Bein und ich sah auf die Uhr. „Ach du meine Güte, wir stehen ja schon seit einer Stunde hier. Wollen wir uns nicht setzen?" Ich deutete auf die Eckbank. „Nein Danke, ich muss gleich weiter. Halte genügend Abstand, wenn du dein Leben betrachtest. Bedenke, du schaust in die Vergangenheit. Stell dir vor, ein Fremder erzählt dir diese Geschichten. Somit könntest du die Emotionen herausnehmen, um deine Reaktionen, dein Handeln objektiver zu betrachten. Mache dir meinetwegen Notizen, über deine Verhaltensmuster, die du dir angeeignet hast, um zu erkennen, ob du das wirklich bist, ob du das wirklich willst."

Verkrampft rieb ich mir über die Stirn. Er hatte recht. Das Leben strengte, besonders im Nachhinein betrachtet, schrecklich an. „Ich kann es versuchen. Sehen wir uns bald wieder?" Jophiel zwinkerte mir zu, streichelte über meine Haare und sagte: „Versuchen ist gut. Denke bitte daran, du bist frei, in dem, was du tust, wie du es tust und wann du es tust. Und nun geleite mich bitte zur Türe."

Auf dem Weg dorthin wehte mir mit jedem seiner Schritte sein ganz eigener Duft um meine Nase. Ich wusste nicht, dass ein Duft etwas auslösen konnte, aber ich fühlte tatsächlich ganz viel Hoffnung in mir. „Fange an zu verzeihen, Mareike, lerne und schließe Frieden. Jemandem zu vergeben, der dir Unrecht getan hat, bedeutet nicht, die Tat zu leugnen oder gut zu heißen. Vergebung ist eine Entscheidung, den anderen von seiner Schuld frei zu sprechen. Einem

Menschen nicht mehr vorzuhalten was geschehen ist, erlöst dich von deinem Schmerz. Die beste Gelegenheit dafür bietet sich nun während deiner Aufarbeitung."

Wir nahmen uns an die Hände und lächelten uns an. Er drehte sich um und ging. Die Türklinke noch in der Hand, fing ich an zu Schluchzen und ärgerte mich über meinen ständigen Kontrollverlust. Meine Gefühle verselbstständigten sich zusehends mehr und ich konnte nichts dagegen tun.

Nach langen Überlegungen, mit welchem Symbol ich meine Vergebungen besser zum Ausdruck bringen könnte, kaufte ich mir ein silbernes Bettelarmband. Für jeden Menschen, dem ich verzeihen würde oder der mir meine Schuld vergab, sollte ein kleiner Anhänger an diesem Armband hängen.

Die erste Person, an die sich meine Vergebung richtete, war die Lehrerin, Frau Kunert aus der Grundschule. Sie war eigentlich ein armes Geschöpf, nie wirklich frei. Dem Stress des Alltages, dem Druck der

Vorgesetzten ausgeliefert. Wie anstrengend und freudlos musste ihr Leben sein. Ich wünschte ihr gedanklich einen Moment des Erwachens und den Mut auszubrechen aus den selbstauferlegten Zwängen.

Meine Wahl fiel auf eine kleine goldene Augenmaske. Die Verkäuferin in dem Schmuckladen befestigte den Anhänger an meinem Band. Sie blinzelte freundlich mit den Augen, als ich ihr erzählte, was es mit dem Anhänger auf sich hatte. „Dann werden wir uns wohl häufiger sehen, Frau Danner?" Ich bestätigte ihre Vermutung und verließ erleichtert das Schmuckgeschäft.

Seelenhaus

Bei deiner Großmutter, die du liebevoll Omili nanntest, fühltest du dich besonders wohl. Auf ihrem Schoß, angelehnt an die warmen, weichen Brüste, schloss sich schützend das Tor zur gewaltigen Welt. Liebevoll strich Omili mit ihrer Hand durch deine blonden Locken. „Du hast eine Stimme wie ein Engel. Bist eben doch mein kleiner Engel", dabei ahmte sie dein piepsiges Stimmchen nach und kitzelte deinen Bauch, bis dir vor lauter Kichern die Tränen kamen.

Du liebtest Omili von ganzem Herzen. Sie wusste auf alles eine Antwort. Großmutter war es, die dir erklärte, was Emotionen waren, wie man Freude am Leben fand und wo der Tod zu Hause war.

Ein heiliger Moment verband euch, wenn du auf ihren Schoß hüpftest und mit ihr in den alten Fotoalben gestöbert hattest. Zwischendurch schob sie ihre Brille auf der Nase zurecht und küsste deine Wange. Du hattest gebadet in ihrer Zärtlichkeit.

Wenn sie dir von den vielen Verwandten erzählte, die auf den Bildern zu sehen waren, leuchteten ihre braunen Augen.

Gedankenverloren streifte sie sich eine schneeweiße Haarsträhne aus dem Gesicht. Du hast sie beobachtet und bedächtig eine Frage gestellt: „Du, Omili, wo ist Opa jetzt?" Großmutter lehnte sich gemütlich nach hinten und überlegte. „Na, im Himmel. Alle kommen in den Himmel und leben dort weiter." „Und warum sehen wir die nicht, wenn wir in den Himmel schauen?" „Das ist eine schlaue Frage, mein Engel. Sieh, alles was du denkst und fühlst, kannst du ebenfalls nicht sehen und nicht anfassen. Das wohnt in dir, in deinem Körper. Dein Körper ist das Haus und die Gefühle und Gedanken sind deine Seele und ... " Du warst so aufgeregt, dass du der Großmutter ins Wort gefallen bist, „...dann wohnt die Seele in dem Haus?" „Genauso musst du dir das vorstellen. Und das, was wir in dem Haus drin haben, nehmen wir mit, wenn wir sterben. Praktisch wie ein Umzug von einem Haus in ein anderes. Opa ist bereits aus seinem Haus ausgezogen, aber er hat alles mitgenommen, was dort drinnen war."

Großmutter lachte und sprach mit einer tiefen Überzeugung.

Es gab in diesem Augenblick keinen Zweifel an der Richtigkeit ihrer Worte. Das war ihre Wahrheit und die fühlte sich kugelrund und echt gut an. „Aber Omi, warum sind wir denn hier auf der Erde?"

„Damit wir dieses Haus füllen mit schönen, guten, schlechten, lustigen, traurigen, fröhlichen und glücklichen Empfindungen. Und mit ganz viel Liebe. Liebe die wir verschenken sollen. Unsere Seele wächst und wächst und wir lernen und lernen, bis unsere Zeit gekommen ist für den Umzug."

Sie starb, als du zehn Jahre alt warst. Du hattest an ihrem Grab gestanden und gelächelt. Die niederschlagende Traurigkeit der Menschen auf dem Friedhof konntest du nicht wirklich teilen. In deinen Gedanken fuhr Omili in einem Umzugstransporter. Am Steuer saß ein Engel. Sie scherzten miteinander. Großmutter kurbelte die Scheibe herunter, blickte lächelnd zu dir und winkte. Leise, aber bedeutungsvoll drangen ihre Worte zu dir durch: „Sei tapfer, meine Kleine, ich liebe dich."

Wie wunderbar! Warum hatte ich diesen schönen Moment nur vergessen? Es tat unglaublich gut, das Gespräch von einst noch einmal erleben zu dürfen. Mein verloren geglaubtes Urvertrauen flammte kurz wieder auf. Ich sah mich behütet in Omilis Armen, schaute in ihre warmen, sanften Augen und fühlte mich geborgen. Warum gelang es mir nicht mehr, an die Einfachheit des Lebens zu glauben? Oh, ich vermisste sie so sehr. Ihre Theorie über das Leben nach dem Tod war für mich, als Kind eine beruhigende Tatsache geworden, die den Schmerz des Verlustes auffing. Dankbar legte ich den Ordner beiseite und gönnte mir einige Stunden, um bei einem Spaziergang mit Molly von Großmutters Liebe zu zehren. Ich rief mir unsere inspirierenden Ausflüge ins Gedächtnis.

Die bunten Wiesen erinnerten an die schöne Zeit. Leuchtende Butterblumen neigten ihre Häupter, mit deren Blüten ich einen gelben Schimmer auf Omili's

Kinn zauberte. Die weißen Margeriten, denen wir ein Blatt nach dem anderen abzupften, um herauszubekommen, ob der erwählte Junge einen nun liebte oder nicht, reckten stolz die Köpfe in den Himmel. Gänseblümchen, aus denen unzählige Ketten und Haarkränze geflochten wurden, erfreuten mein Herz.

Doch auf einmal überkam mich eine Traurigkeit und riss mich aus den wundervollen Erinnerungen.

Mit Schrecken musste ich daran denken, dass die nächsten Geschichten einen leidvollen roten Faden durch meine Jugend ziehen würden. Alles in mir sträubte sich diesen Ordner wieder in die Hände zu nehmen.

Nach Omili's Tod wurde nämlich alles anders. So anders, als hätte man mich in eine fremde Welt katapultiert und mir meine Kindheit, meinen letzten Rest der Unbekümmertheit gestohlen. Ich weigerte mich weiterzulesen. Aus, vorbei ich mache ab jetzt nicht mehr mit, egal was Jophiel dazu sagen würde.

Mit diesem Entschluss kam ich zu Hause an und tänzelte um den Ordner herum, der in meinem Zimmer auf dem Tisch lag. Unsicher, was richtig oder falsch sei, warf ich ihn in die Mülltonne, nur um ihn wenige Minuten später wieder herauszuholen.

„Alles in Ordnung bei dir, Mama?" Erschrocken drehte ich mich um. Ella stand hinter mir. Ich stotterte: „Ähm, nein, ja, alles gut, mein Schatz. Hab wohl ausversehen den falschen Ordner in die Tonne geworfen." Ungläubig schaute Ella mich an. „Mama, welchen Ordner denn bitte? Ich sehe keinen. Müssen wir zu einem Arzt fahren? Hast du Fieber?" Das aufgeregte Kind legte seine warme Hand auf meine schweißnasse kalte Stirn und zog sie sichtlich angewidert schnell zurück.

„Lass mal, Schatz, es ist wirklich alles in Ordnung. Ich melde mich, wenn ich einen Arzt brauche. Würdest du mir stattdessen helfen, den Müllkübel an die Straße zu schieben?" Meine Tochter warf mir noch einen kritischen Blick zu, mühte sich dann aber mit der

Tonne ab. Sie konnte den Ordner in diesem Fall nicht sehen. Eine Tatsache, die mich abermals in große Selbstzweifel riss und zugleich fielen mir Jophiels Worte ein: „Nicht jede Welt ist allen sichtbar."

Das Übersinnliche machte mir Angst und der Ordner landete im hohen Bogen auf meinem Kleiderschrank. Für heute reichte es mir. Ängstlich und voller Zweifel fiel ich auf mein Bett und schlief umgehend ein.

Im Traum begegnete mir Jophiel. Ich sah ihn in der Ferne auf mich zukommen. Molly raste ihm entgegen und wedelte freudig mit dem Schwanz. Er beugte sich zu ihr hinunter und streichelte sie. Automatisch beschleunigte ich meine Schritte. Wir trafen uns auf halber Strecke. Er sah mich freundlich an. „Durcheinander?" Jophiel wusste, was los war, doch ich schaffte es nicht zu antworten, senkte stattdessen den Kopf und stieß ein leises „Mmh" hervor. Die Tränen kullerten und tropften auf meine Hände. Er nahm mich in seine Arme und drückte fürsorglich meine

Stirn an seine Schulter. „Weine nur Mareike, alles wird gut. Dein Weg wird zwar anstrengend, aber ein guter Weg sein."

Der hat doch keine Ahnung, rief eine aufgelöste Stimme in meinem Herzen. „Jophiel", sagte ich laut. „Ich kann das nicht." Ich schluchzte ohne Unterlass, bis er mich ein Stückchen von sich wegschob, um mir in die verheulten Augen zu schauen. „Na, na, so schlimm? Pass auf, ich nehme dich jetzt mit und werde dir etwas zeigen. Hab keine Furcht, halte dich einfach an mir fest und schließe deine Augen." Mit geschlossenen Augen tat ich was er mir sagte und hakte mich bei ihm ein. Wir liefen los. Jeder Schritt fühlte sich unsicher an, als würde ich mich auf einem Untergrund aus Watte bewegen. Ich verlor den festen Boden unter meinen Füßen, rückte immer näher an Jophiel heran und umklammerte krampfhaft Mollys Leine.

„Wo sind wir? Ich möchte sehen was geschieht." „Noch ein paar Schritte und du hast es geschafft", beruhigte er mich. Kurz darauf blieben wir stehen. Als ich die Augen öffnete, erstreckte sich vor uns eine atemberaubende, weiße Wolkendecke. Die Sonne schien in einem goldenen Licht. „Sind wir im Himmel?" Die Frage hallte in meinem Kopf wie ein Echo. Jophiel lachte. „Sagen wir mal: irgendwo zwischendrin. Dort vorne ist eine Bank, setzen wir uns und ich erkläre dir alles." Vorsichtig setzte ich einen Fuß vor den anderen. Molly wich nicht von meiner Seite, fixierte meinen Gesichtsausdruck und zog den Schwanz ein. Nachdem wir Platz genommen hatten, forderte Jophiel mich auf, durch den Riss im Himmel vor uns zu schauen. „Ich soll was?" „Schau bitte durch die Öffnung in der Wolkendecke." Unsicher trat ich einige Schritte vor. „Das gibt es doch gar nicht. Das ist sagenhaft!" Ich wippte von einem Fuß auf den anderen und zupfte dabei aufgeregt an Jophiels Hemdsärmel herum. „Ja, das ist es. Die Physik der Seele ist nicht rational, sondern magisch. Aber nun schau mal genau. Was siehst du?"

Was ich erblickte, konnte nicht sein, und doch war es. Ich erkannte mich mit meinen Eltern und den Geschwistern, und all die Szenen, die sich seinerzeit abgespielt hatten. Wir waren winzig klein, wie Puppen in einer Puppenstube. Alles, was ich wahrnahm, erschien mir unwirklich.

„Erkennst du, was da gerade geschieht?" Jophiel neigte ebenfalls seinen Kopf und spähte durch die Wolken.

„Oh ja, das sind wir, meine Familie und ich, und es passiert genau das, was vor vielen Jahren in der Schule geschah. Ich sehe Vater, wie er wutentbrannt mit dem Direktor schimpft, mich an die Hand nimmt und mit mir nach Hause geht." Ich konnte mich kaum von dem Szenario lösen.

„Und? War es schlimm?", fragte Jophiel schließlich. „Nein, eigentlich nicht. Befremdlich, aber sehr eindrücklich." Zustimmend nickte er. „Die nächsten Kapitel deines Lebens musst du mit einer gewissen Gelassenheit betrachten, damit du die verheilten Wunden zwar erkennst, sie aber nicht wieder aufreißen. Die Narben, die dir geblieben sind, sind Zeugen, die dir Auskunft geben, was mit dir geschehen ist." „Ich verstehe, was du …".

Bevor ich den Satz beenden konnte, erwachte ich. Für eine Weile konnte ich den Traum nicht von der Wirklichkeit trennen.

Auf jeden Fall sollte das eine klare Botschaft an mich sein, die wenn ich sie beherzigte meine Reise erleichtern würde. Entschlossen kletterte ich auf einen Stuhl und holte meine Geschichte wieder vom Schrank herunter. Der Ordner roch etwas muffelig nach den Abfallresten aus der Mülltonne. Ein Lächeln huschte über meine Lippen.

Nachdem das Mittagessen vorbereitet war, setzte ich mich an den Esstisch und begann erneut zu lesen:

Heimweh

.Unmittelbar nach dem Tod deiner Großmutter siedelten deine Eltern aus dem Heimatort Rankendorf, in der Nähe der Ostseeküste, in den tausend Kilometer entfernten Schwarzwald um. Jeder Vesuch, dir die Vorteile der neuen Heimat aufzuzählen, blieb erfolglos. Du wolltest unter keinen Umständen dort hinziehen. Der Abschied wurde ein Drama aus Tränen, Unsicherheit und Wut.

Im Schwarzwald angekommen schmetterte dich die Enttäuschung nieder. Wie schrecklich dunkel es hier war. Tanne für Tanne, Berg für Berg erdrückten dein kindliches Gemüt. Wenn Vater während der Besichtigungstouren eine Pause einlegte und dich aufforderte, die gute Luft einzuatmen, hattest du an eine geistige Verwirrung bei ihm gedacht. „Mareike, das ist die wahre, gesunde Landluft." Entgeistert blicktest du ihn an: „Aber hier stinkt es ganz schrecklich, Papa." Angewidert rümpftest du die kleine Nase und hattest dich nach der frischen, salzigen Meeresbrise, die sich Heimat nannte, gesehnt.

Ein Spaziergang durch den Wald brachte dein Fass zum Überlaufen. Die dicht beieinanderstehenden Bäume ließen keinen Blick hindurch. Ihr hattet euch verlaufen. Ängstlich nahmst du Mutters Hand, drücktest sie vor deine Augen und weintest bitterlich. „Mama, jetzt weiß ich warum es hier schwarzer Wald heißt, weil die Bäume und Berge alles dunkel machen. Können wir nicht wieder nach Hause fahren?"

Das Heimweh brach deine Lebensfreude. Es kroch bis in deine Träume. Regelmäßig irrtest du in fremden Straßen umher und konntest dein Zuhause nicht mehr finden. Schweißgebadet wachtest du auf.

Der Versuch, die Ängste zu verdrängen machte es nur noch schlimmer. Manchmal glaubtest du, das Rauschen der Wellen, die ungestüme Brandung zu hören. Auch der Schulwechsel überstieg die kindliche Toleranzgrenze bei weitem. Der hierzulande gesprochene Dialekt, den sowohl die Lehrerin als auch alle deine Mitschüler sprachen, drang brachial und unverständlich in deine Kinderseele. Verzweifelt hattest du nach Möglichkeiten gesucht zu fliehen, sahst aber immer das besorgte Gesicht deiner Mutter. Fügung wurde dein Zuhause.

Schnell rannte ich in die Küche, um den Topf, mit der kochenden Brühe vom Herd zu nehmen. Die heiße Suppe schwappte über meine Hand und ich stieß einen schmerzlichen Schrei aus. Das kalte Wasser auf der Wunde linderte nur wenig den Schmerz. Deutlich bildete sich eine Brandblase. Tränen schossen in meine Augen. Aber es war gar nicht diese Wunde die schmerzte. Mit einem nassen Handtuch, das ich um die Hand wickelte, nahm ich wieder an dem Esstisch Platz und stellte mich tapfer meiner unauslöschlichen Vergangenheit indem ich weiterlas:

Der Hölle so nah

Das Jahr verging und du begannst deine neue Heimat zu erdulden. Die Sehnsucht wich einer stillen Akzeptanz. Es schien kein Zurück zu geben. Auch nicht, nachdem das folgende Unheil dich in den Schlund der Hölle riss.

Dass deine Eltern sich verändert hatten, blieb dir nicht verborgen. Es ängstigte dich. Ihre Liebe erschien jetzt wie eine Lüge, die sie bemüht waren, vor euch Kindern aufrechtzuerhalten. Vater war gescheitert in seiner Stellung als Prokurist einer angesehenen Firma. Ausgerechnet die ruhmreiche Position, die euch Glück und Reichtum verheißen sollte. Die der Anlass für den unvermeidlichen Umzug gewesen war, wurde der Familie nun zum Verhängnis.

Die Scham, versagt zu haben, sein Ansehen zu verlieren, trieb deinen Vater in eine Krise, die er versuchte, im Alkohol zu ertränken. Er verlor den Respekt vor sich selbst und vor anderen und beging einen Missbrauch an seiner Familie, der erst einmal unverzeihlich blieb.

Deine Mutter ertrug sein rücksichtsloses, brutales Verhalten nicht länger. Sie sehnte sich nach Unabhängigkeit. Immer häufiger stritten die Eltern und nicht selten kam es zu körperlichen Übergriffen wenn Vater betrunken war. Gnadenlos kreisten die gegenseitigen Vorwürfe und Beschuldigungen über deinen Eltern, bis sie sich wie ein Geier auf das Aas herabstürzten und den letzten Rest der sterbenden Liebe fraßen. Was blieb war das Skelett, das einstige Fundament, das bei der kleinsten Berührung zu einem Trümmerhaufen zerfiel.

Als dein Vater deiner Mutter zu nahekam, hatte Ruth sich gemeinsam mit dir zwischen die beiden gestellt und versucht, das Schlimmste zu verhindern.

Einmal seid ihr mit Luzia, Malte und Mama in das Schlafzimmer geflüchtet. Ihr hattet die Türe von innen verriegelt. Vater tobte so wütend davor, dass eure Mutter in ihrer Sorge um euch nur noch die Flucht als Ausweg sah.

Sie hob Ruth und dich aus dem Fenster und schickte euch los, um vom Nachbarn aus, die Polizei zu rufen. Noch nie in deinem Leben hattest du eine solche Todesangst verspürt und noch niemals hattest du dich so geschämt. Nachts bist du zu deiner Schwester ins Bett gekrochen.

"Was machen wir jetzt, Ruth? Ich habe Angst und will am liebsten hier weg." Innig hast du gehofft, sie hätte eine Lösung parat. "Ich weiß auch nicht. Wenn Omi noch lebte, könnten wir sie anrufen oder zu ihr fliehen." "Ich hab eine Idee. Wir schreiben an die Eltern einen Brief, in dem steht, wenn sie nicht damit aufhören, gehen wir mit Luzia und Malte freiwillig in ein Kinderheim."

Ihr hattet den Brief gleich zweimal geschrieben und aus dem Exemplar für Mutter ein paar kritische Sätze herausgestrichen, die nur für den Vater bestimmt waren. Mutter tat euch leid.

Doch der Einsatz für den Frieden änderte nur vorübergehend etwas an den Missständen. Es wurde schrecklich dunkel um euch. Dunkel wie im schwarzen Wald. Kaum ein Kind war wohl froh über die Trennung der Eltern, aber du hattest nur Erleichterung empfunden, nachdem Mutter den endgültigen Rückzug verkündete.

Eine kleine Dreizimmerwohnung wurde der neue Zufluchtsort. Eine Festung, die Schutz und Geborgenheit bot. Das wünschtest du dir zumindest.

Ein Drama, wie es klassischer nicht sein konnte. Ich hielt mich an Jophiel's Ratschlag und ließ die verblassten Emotionen nur so weit an mich heran, dass sie mir nicht gefährlich werden konnten. Tränen weinte ich keine mehr. Die hatte ich seinerzeit alle geweint. Mit einem leeren, ausdruckslosen Blick legte ich die Sammlung meiner Lebensstationen in mein Zimmer.

Der Zorn meines Vaters durchbrach leider die Mauern unserer kleinen Burg und er wurde zu einem unkontrollierbaren Tyrannen, der keine Gelegenheit ausließ, mit Gemeinheiten um sich zu schlagen. Sein Gefühl der Wertlosigkeit nährte die Wut auf meine Mutter. Eine Tragödie für alle Beteiligten. Ein Leben in Angst und Schrecken, das kein Ende nehmen wollte, bis Johannes Holzmann endlich eine neue

Frau kennenlernte, die den gekränkten Racheengel zur Vernunft brachte.

Aber bis dahin gingen Monate ins Land. Monate, die mich und meine Geschwister dazu zwangen, Verantwortung für die Mutter und uns selber zu übernehmen. Auch sie fing aus Verzweiflung und Angst an zu trinken. Sie funktionierte nicht mehr so, wie wir es gewohnt waren. Schützend stellten meine große Schwester und ich uns vor sie und versuchten, nach außen den Schein einer intakten Familie zu wahren.

Immer mehr fiel die Leichtigkeit des Lebens einer auferlegten Verantwortung und dem Pflichtgefühl zum Opfer. Die Kindheit hatte sich gänzlich von mir verabschiedet und mit meinen elfeinhalb Jahren wurde ich zu einer Marionette, der neuen Lebensumstände. Angetrieben von der Wut über die Schwäche der Erwachsenen, der Enttäuschung und der Angst bewegte ich mich auf schwammigem Boden. Es fiel mir schwer, das Gleichgewicht zu halten. Uns allen fiel es schwer. Erst nachdem mein Vater mit seiner neuen Frau Marion in eine dreihundert Kilometer entfernte Stadt zog entspannte sich meine Verkrampfung. Der Atem wurde ruhiger.

Manchmal habe ich ihm geschrieben, in der Hoffnung, etwas darüber zu erfahren, warum ein erwachsener Mensch sich so schrecklich verändern konnte.

Ich habe es nie herausgefunden. Jedoch gelang mir, mit viel Fantasie seinen Antworten ein wenig Reue zu entnehmen. Der Kontakt zu ihm wurde zu einem Akt der Zerrissenheit. Mutter fühlte sich von mir verraten. Ihr Schweigen wurde zur Strafe für mich. Immer wieder habe ich mich gefragt, ob man es als Scheidungskind überhaupt jedem recht machen konnte. Die Gedanken wirbelten laut in meinem Kopf herum und machten es mir unmöglich, Vater oder Mutter je wieder gelassen zuzuhören.

In der Tat hatte ich heute meinen Eltern längst vergeben und empfand nur Mitleid mit Mutter, mit Vater, mit uns, den Holzmann Kindern. Wie konnte das Schicksal uns derart zusetzen? Ich wollte Frieden, ich wollte Liebe, bekam aber stattdessen die Auswirkungen eines Krieges zu spüren und die schreckliche Macht des Hasses. Trotzdem würde ich mein letztes Hemd dafür geben, wenn ich ihnen heute sagen dürfte, was ich wusste: Nämlich, dass Eltern durchaus auch einmal schwach sein dürfen. Dass sie eben nicht immer die starken, rettenden Riesen sein mussten, sondern dass auch sie oftmals hilflos den Kapriolen die das Leben schlug ausgeliefert waren.

Ich verurteilte in jener Zeit Mutter und Vater nicht, in böser Absicht gehandelt zu haben. Ich konnte nur nicht damit leben, wie blindwütig dieser Krieg geführt worden war. Sie liefen barfuß über Scherben und haben eine blutige Spur hinter sich hergezogen, die unsere Herzen tränkte. Ihre Liebe zu uns? Gewiss war sie ungebrochen, da bin ich mir ganz sicher, doch ihre Herzen wurden stumpf.

Um der Vergebung an meinen Eltern Ausdruck zu verleihen, suchte ich einen geeigneten Anhänger für mein Armband und entschied mich für einen kleinen silbernen Reisekoffer. Gedanklich packte ich diesen Koffer mit allem Leid welches ihnen und uns Kindern geschehen war und ging mit ihm auf die Reise. In einem Zug fuhr ich über Berge, durch tiefe Täler und bei jedem Halt in einem Bahnhof, warf ich eine der seelischen Erschütterungen aus früheren Tagen aus dem Koffer. Mir wurde klar, dass mein übertriebenes Verantwortungsgefühl für andere Menschen in diesem Drama seine Wurzeln fand.

Molly hüpfte an mir hoch. Erschrocken sah ich auf die Uhr. Bald würden die Mädchen von der Arbeit kommen. Der längst geschriebene Einkaufszettel auf dem Tisch mahnte zur Disziplin. Somit zwang ich mich vorerst, nicht mehr über alte Zeiten nachzudenken, sondern mich auf allgemein wichtige Dinge zu konzentrieren, wie Zum Beispiel auf die Suche nach dem blöden Autoschlüssel. Ich fuhr in den nächsten Supermarkt. Ein leerer Kühlschrank grenzte für meine Töchter nämlich an eine Katastrophe apokalyptischen Ausmaßes. Zuweilen gaben sie mir das

Gefühl, ein Tischlein-deck-Dich zu sein. „Was gibt's heut zu futtern?" war seit Jahren die Frage, die stets vor jeder Begrüßung neu gestellt wurde. Frustriert schob ich den vollgeladenen Einkaufswagen zum Auto.

Es machte keinen Spaß, immer diejenige in der Familie zu sein, die das hart verdiente Geld des Mannes unter die Leute brachte und auch noch stets daran erinnert wurde. Genervt öffnete ich den Kofferraum des Wagens und begann, alles zu verstauen. Ohne Vorwarnung sprach mich jemand von der Seite an: „Kann ich helfen?" Vor Schreck schnellte ich hoch und stieß mir den Kopf an der Heckklappe „Aua, Mann!" Das würde eine heftige Beule werden. Zornig drückte ich eine Hand auf die schmerzende Stelle am Kopf und drehte mich um. „Jophiel, du? Was machst du denn hier?" Zischte ich ihn an.

Aus meinem Erstaunen über sein plötzliches Auftauchen wurde schnell Verärgerung darüber, dass er sich nicht vorher, wie versprochen, angekündigt hatte.

„Ja, ich. Freust du dich so sehr mich zu sehen, dass es schmerzt?" Er lachte über seinen Scherz, bemerkte jedoch ziemlich schnell, wie unpassend er war und reichte mir mitfühlend die Hand. „Es tut mir leid, Mareike, ich wollte dich nicht erschrecken." Besänftigend strich er über meinen Kopf. „Komm, lass mal sehen, ob es blutet." Doch ich wehrte ab. „Geht schon. Gibt nur eine Beule. Ich bin sowieso bald fertig. Fährst du mit mir nach Hause?" „Aber sehr gerne." Wir stiegen in den Wagen.

Wie ungezwungen wir mittlerweile miteinander umgingen, wobei er mir sicher einiges voraushatte und mich bestimmt schon eine Ewigkeit kannte. Mit Schwung drehte ich meinen Oberkörper nach hinten, um aus der Parkbucht zu fahren. Jophiel schaute mich vom Beifahrersitz aus an. Wieder trug er diesen grauen Hut, der ihm äußerst gutstand. Er schien ein Symbol zu sein. Unsere Blicke trafen sich für den

Bruchteil einer Sekunde und ich musste mir eine gewisse Nervosität eingestehen. Jophiel sah hübsch aus. Für einen kurzen Augenblick hüpfte mein Herz. Was war los mit mir? Die Situation wurde mir peinlich. Ich war froh, als sich endlich eine Lücke in der Autokolonne auftat.

Der Himmel hatte sich wohl gegen mich verschworen, denn es goss plötzlich wie aus Kübeln. Die Scheibenwischer quietschten schnell in dem immer gleichen Rhythmus.

„Geht es dir nicht gut?" fragte Jophiel. Ich zuckte kurz zusammen, als seine Worte mich aus der Konzentration rissen. „Alles gut, ich bin nur etwas gestresst heute. Es gibt Tage, da fühle ich mich getrieben und verstehe selber nicht warum. Unversehens wachsen Kleinigkeiten die es noch zu erledigen gilt, zu einem riesigen Berg aus Tausenden unerledigten Dingen. Verstehst du? Eigentlich unwichtige Dinge."

Er nickte nachdrücklich. „Verstehe, da gibt es auch kein Patentrezept, um dieses Gefühl abzustellen. Am besten wird es ganz schnell Abend, man schläft sich aus und am nächsten Tag ist der Berg auf die Hälfte geschrumpft." Jophiel lehnte seinen Kopf an die Kopfstütze. „Gibt es etwas Neues bei dir?" „Weiß nicht. War eine sehr, sehr traurige Zeit in meinem wirklich jungen Leben. Nacht für Nacht liefen meine Ängste Amok und versagten mir einen erholsamen Schlaf."

Hinter uns drängelte ein Sportwagen und setzte meiner labilen Stimmung die Krone auf. „So ein Blödmann, der kann doch überholen, wenn ich ihm zu langsam bin, der fährt mir gleich hinten rein!" Jophiel zwinkerte mir zu. „Na, na, welch eine verborgene Boshaftigkeit kommt denn da zum Vorschein? So kenne ich dich gar nicht, Mareike." Er tätschelte mir sanft auf den Oberschenkel. „Oh, ich kann noch ganz anders, wenn ich will. Nimm dich in Acht", donnerte ich mit einem leichten Grinsen zurück.

Rechts vor uns lag ein kleiner Feldweg. Ich steuerte den Wagen spontan dort hinein, sodass Jophiel heftig zur Seite kippte. Das Auto stand nun mit Blick auf den kleinen See auf einer Wiese. „Tut mir leid, aber wenn ich Auto fahre, kann ich mich nicht auf unser Gespräch einlassen." Erschöpft krümmte ich meinen Rücken und ließ den Kopf auf das Lenkrad sinken. „Sag mal, hast du vielleicht etwas mit meinem geheimnisvollen Traum von letzter Nacht zu tun? Ich meine, warst du daran beteiligt?"

Er fasste mich bei den Schultern und drückte meinen Oberkörper sanft nach hinten. Durchdringend schaute er mich an. „Ja und nein, hier haben sich die Grenzen, von denen ich sprach, wohl vermischt. Lass es einfach zu und filtere es nicht aus deinem Gehirn. Wie fühlst du dich jetzt? Kommst du damit klar?" „Ich komme klar und muss gestehen, dass ich meinen Eltern schon lange verziehen habe. Auch wenn das erbärmliche Schauspiel für mich nicht ohne Folgen blieb. Immer wenn in meiner Gegenwart gestritten wurde überkam mich eine Panik. Wenn Ruth sich mit ihrem Freund lautstarke Auseinandersetzungen lieferte, stellte ich mich häufig zitternd in die Duschkabine, stützte meinen Kopf an die Wand und hielt mir die Ohren zu. Das ging so, bis ich erwachsen wurde. Zudem fühlte ich mich seit jener Zeit für alles verantwortlich. Ist doch die perfekte Kombination, ein übertriebenes Verantwortungsgefühl, die ständige Rücksichtnahme und … Naja, nach der Trennung meiner Eltern muss ich mich wohl dazu entschlossen haben, die Menschen fröhlich zu stimmen. Ich ertrug eben diese Melancholie, die uns umgab, nicht länger und wollte meine Familie lachen sehen. Es fiel mir nicht schwer, doch muss ich gestehen, es war nicht immer ehrlich. Unter dem aufgemalten, lachenden Mund des Clowns versteckten sich oft die Tränen. Das war eine Zeit, die keinen Platz ließ für eigene Bedürfnisse."

Jophiel applaudierte. „Genauso ist es, Mareike. Darum schauen wir uns dein Leben an, um zu erkennen, was du ändern möchtest, was versäumt wurde. Begegne allem mit Licht und Liebe was dir widerfahren ist. Wenn es auch noch so schlimm war, so war es für dich hier auf der Erde bestimmt. Du kamst, um genau daraus noch etwas zu lernen. Ich werde jetzt aussteigen und du fährst ganz in Ruhe und entspannt nach Hause. Versprichst du das?"

Bis die Dunkelheit seine Statur verschluckte, schaute ich Jophiel hinterher. Es war eine angenehme Schwere in mir, wie man sie verspürt, wenn ein langer Spaziergang hinter einem lag. Die Gedanken schwiegen. Alles erschien leer und still.

Daheim angekommen warteten Ella und Jette schon auf mich. Ludwig glänzte seit einer Woche wieder einmal durch Abwesenheit. Er würde erst in vierzehn Tagen der Heimat einen Besuch abstatten. Wir telefonierten schon längst nicht mehr jeden Tag.

Seitdem die Mädchen erwachsen waren, zeigte er noch weniger Interesse an ihnen oder an mir als je zuvor. Angerufen wurde strickt an jedem dritten Tag oder in dringenden Notfällen. Es war die Zwischenzeit, die Zeit, in der ich mir vormachte, ihn zu lieben.

Er schien so weit weg und aus der Ferne betrachtet wirkten unsere Probleme eigentlich ganz klein.

Erschöpft sank ich auf mein Bett und fiel in einen traumlosen, tiefen Schlaf, bis mich hinterhältig und penetrant der immer wiederkehrende Piepton des Weckers aus meinem kuschelig warmen Bett warf. Mein verschleierter Blick blieb an dem Ordner hängen, der auffordernd auf dem Nachttisch lag. Ich sprach mir Mut zu: „Was kann dir schon geschehen, Mareike? Ist ja bereits längst alles geschrieben."

Schreckgespenst

Hinter jeder Säule des Schulgebäudes hattest du eine Katastrophe vermutet. Mit gesenktem Haupt, einem krummen Rücken, auf dem so unwahrscheinlich viel Ballast Platz gefunden hatte, versuchtest du, so wenig Aufmerksamkeit auf dich zu ziehen, wie du konntest. Aber deine geduckte Haltung provozierte die Jungs erst recht. Die Zeit auf der weiterführenden Schule wurde für dich zu einem notwendigen Übel, aus dem es kein Entkommen gab.

Du durchquertest das dunkle Reich der bösen Buben, die ihren Status durch gemeine Unterdrückung der Schwachen festmachten. Schmerzhafte Hiebe verschafften ihnen die alleinige Macht.

Das tägliche Ritual auf dem Schulhof, wenn sie dir ein Bein stellten und laut „Achtung: Holz im Weg!" grölten, erschreckte dich schon lange nicht mehr. Dein Sehnen nach Frieden und Harmonie wurde so oft enttäuscht, dass ein blutiges Knie keine große Sache war. Tapfer bist du aufgestanden, hattest deine Kleider gesäubert und dich mit deiner Freundin in eine geschützte Ecke verzogen.

Das Verhalten des ignoranten, alten Lehrers, den du um Hilfe gebeten hattest, war für dich allerdings unverzeihlich. Achtlos vertrat er die Meinung, dass die Handlungen der jungen Burschen ihrem Alter entsprechend normal wären. Er berief sich auf die Unreife und den jugendlichen Übermut. „Da muss man schon mal ein Auge zudrücken, schließlich könnt ihr euch ja zur Wehr setzen, wenn ihr es nicht wollt", war sein einziger Kommentar.

Schutzlos lieferte er dich den Übergriffen aus. Wie solltest du je wieder einem Lehrer vertrauen können?

Außer deiner Schulfreundin wusste niemand von deinem Martyrium. Zu oft hatte man deine Feinfühligkeit belächelt und dir versucht klar zu machen, dass du viel zu sensibel seist. Also somit kein Maßstab für andere. Was sich für dich unmoralisch, feige und gemein anfühlte, schien demnach für die restlichen Mitschüler halb so schlimm sein. Du fingst an, deine Gefühle als falsch und unbegründet zu deklarieren.

Ich hatte kein Glück mit meinen Lehrern, ich schien ihnen zu dünnhäutig und verträumt. Umso erfreulicher waren die Erfahrungen, die ich mit den Lehrern meiner Töchter gemacht habe. Gewiss aus einer anderen Perspektive, aber es hatte sich wahrhaft einiges in der Pädagogik, zum Wohle des Kindes, verändert und trotzdem war heutzutage der Kampf gegen Mobbing nicht minder eine Herausforderung. Die Medien, mit ihren ungeahnten Möglichkeiten, die einem Schüler das Leben zur Hölle machen konnten, richteten Schäden an, dem die Lehrkräfte kaum gewachsen waren.

Fairness war weder früher, noch ist sie heute selbstverständlich und Respektlosigkeit bleibt immer ein Angriff gegenüber der Würde des Menschen. Wen wundert es da, dass ein Ausbruch aus dem Konstrukt von Lügen, die einzige Antwort eines heranwachsenden Menschen war.

Rebellion

Wiedersprüche und Unwahrheiten rüttelten dich während der Zeit als Konfirmandin auf. Was sie dir erzählten stimmte mit deiner Erfahrungswelt nicht überein. Die Menschen hatten dir doch längst das Gegenteil bewiesen. Mannshohe Wellen brachen über dich herein, spuckten dich an den Strand des Zwiespaltes und hießen dich in der Welt der Heuchler willkommen. Vergebung, Gnade und Barmherzigkeit unter den Menschen ließen in deinem Leben bisher zu wünschen übrig.

Die Kirche war dir kein fremder Ort. Sonntag für Sonntag schleppten euch die Eltern in den Gottesdienst, um ehrfürchtige, genügsame Leute aus euch zu machen. In guter Absicht taten sie es ihren Eltern gleich. Aber du hattest stets den Zugang verpasst. Gott sollte gütig, gerecht und liebend sein, obwohl er Streit, Zerstörung und Schmerz zuließ. Gefangen im Widerspruch wolltest du ja an ihn glauben, aber es kam nicht in deinem Herzen an.

Dein junger Geist zettelte eine Revolte gegen das „Vater unser" an. Warum solltest du schuldig sein? Du warst dir

keiner Schuld bewusst. Auch die Formulierung des Glaubensbekenntnisses widersprach deiner Vorstellung eines angstfreien Lebens. Warum wollte Gott dich richten? Wusste er denn nicht, wie sehr du dich bemühtest?
Lediglich die Gemeinschaft der Konfirmanden und die Zugehörigkeit, die dich dort getragen hatte, waren der Grund dafür, dass du dieses Jahr durchgezogen hattest. Teils unfreiwillig spieltest du das Spiel mit und hattest dir deine Fragen verkniffen. Auf ehrliche Antworten konnte ein Zweifler wie du eh nicht hoffen. Es ist, wie es ist und schon immer war. Jesus hing auch in hundert Jahren noch bedrohlich an dem Kreuz, dabei hättest du ihn liebend gerne dort heruntergeholt und als Freund an deine Seite gestellt. Stattdessen schautest du in sein leidendes Gesicht, das wie eine Strafanzeige dein Gewissen erschütterte, bis die Schuld aus deiner Seele purzelte, um dich bei allen Handlungen zu verfolgen.
Die Konfirmationsfeier fand ohne deinen Vater statt. Du durftest ihn nicht einladen. Eigentlich hattest du das auch in Ordnung gefunden. Deine Eltern brachten es bis heute

nicht fertig, sich die Hände zu reichen, geschweige denn, ein Wort miteinander zu wechseln.

Während der Kaffeetisch gedeckt wurde, läutete das Telefon. Es war dein Vater. „Hallo Schatz. Ich stehe unten vor der Türe und wollte dich kurz sehen. Könntest du wohl einen Moment herunterkommen?" Fast fiel dir der Hörer aus der Hand. Er war wirklich die vielen Kilometer mit seiner Lebensgefährtin angereist, um dir zu gratulieren?

Mutters Blicke hätten töten können, nachdem du sie gebeten hattest schnell gehen zu dürfen. Entrüstet über so viel Frechheit beriet sie sich mit ihren Schwestern. Du hörtest einige Sätze: „Was hat der hier zu suchen?" oder „Der will sich bei dem Mädchen nur mit seinem Geld einschmeicheln." Es bekümmerte dich sehr, dass ihm niemand eine Liebestat zutraute.

Mutter war so schwach geworden, so engstirnig und verurteilend. Sie versuchte diese Schwäche mit verbitterter, unangemessener Härte zu kompensieren. Nur unter Protest und der Aufsicht deiner Schwester Ruth ließ sie dich ziehen.

Aufgeregt seid ihr zu der Wiese gerannt, die ganz in der Nähe eurer Wohnung lag und der Treffpunkt sein sollte. Du konntest deinen Vater nur verschwommen erkennen, weil die Tränen deinen Blick verschleierten. Vater drückte dich an sich. Er roch so vertraut. In diesem Moment wusstest du, wonach du dich die ganze Zeit gesehnt hattest. Seine starken Arme, die dich hielten, seine autarke Ausstrahlung, die dich umfing. Die klare, entschlossene Stimme, die stets den richtigen Ton angab. Für einige Minuten hieltest du dich daran fest, um zu genießen was du so lange entbehren musstest.

Allerdings steckte in diesem Treffen ein Trugschluss, der sich unmittelbar nach Vaters Abreise zu erkennen gab. Nichts Gutes ahnend, schlichen Ruth und du nach Hause. Sofort machte sich ein schlechtes Gewissen breit. Der Empfang wurde, wie vermutet, zu einer Sitzung des hohen Gerichts. Ihr wurdet mit Fragen bombardiert. Wie eine Horde wütender Moralapostel stellten sie deinen Vater auf das Schafott. Krampfhaft hattest du die Hände auf deine Ohren gedrückt, um den Beschimpfungen gegen ihn nicht ausgeliefert zu sein. Du stelltest dir einen Ort vor, an dem die

Menschen nicht für ihre Fehler verurteilt wurden, sondern sie berichtigen durften. Wie war das mit „Vergebung" und „Liebe deinen Nächsten" noch mal?

Zornig auf alle Menschen, auf Gott und auch ein wenig auf dich selbst, hattest du dich von der Festgesellschaft abgewandt und einige Minuten in deinem Zimmer verweilt. Es war nicht leicht, deine Gäste aufzuheitern und auf andere Gedanken zu bringen. Laut jubelnd packtest du deine Geschenke aus. „Oh, ein Regenschirm. Ist der schön. Jetzt fehlt nur noch der Regen. Lasst uns einen Regentanz machen."

Mit der Idee im Kopf bist du in die Küche geeilt, in der bereits Ruth mit einem Tablett gefüllter Sektgläser auf dich wartete. Leise flüstertest du ihr zu: „He, das ist super, nach dem Sekt werden die bestimmt lockerer da drin."

Ruth grinste. „Hab ich mir auch gedacht. Ist ja nicht zum Aushalten, die Stimmung. Und dass an deinem großen Tag."

Mit Küchenutensilien und begleitet von Ruths Gitarrenklängen, hattest du einen Rhythmus angestimmt. Es wurde dann doch noch ein fröhliches Fest und niemand bemerkte deine Tränen, die unter deiner Clownsmaske kullerten. Und sie kullerte bis zu deinem Herzen, das sich ruckartig zusammenzog.

Mein Fest war gerettet. Auch wenn meine Seele weinte. Ich erzählte den Leuten alles, was ihr Leben leichter machte, um sie nicht trübsinnig oder erbost sehen zu müssen. Es machte keinen Unterschied mehr, dass die vielen Verdrehungen der Tatsachen eigentlich viele kleine Lügen waren, die ich anfing, selber zu glauben. Keiner wusste, wie es wirklich in mir aussah. Niemand nahm mich ernst oder wollte mein verletztes Herz heilen. Es war so viel zerbrochen in mir und ich wünschte mir nichts mehr, als dass mir jemand dabei half, die einzelnen Teile wieder zu einem Ganzen zusammenzufügen.

Später erfuhr ich, dass die Ehe meiner Eltern wohl schon vor der Geburt von uns Kindern nicht immer zum Besten stand. Aber wie jeder Teenager, der auf der Suche nach seiner Identität war, wollte auch ich nichts von Vaters Vergehen vor meiner Zeit hören und mir mein eigenes Bild machen dürfen.

Nach meiner Konfirmandenzeit konnte ich die Schranken, in die ich immer wieder gewiesen wurde nicht länger akzeptieren. Ich versuchte, sie zu durchbrechen, indem ich auf den Zug der Gleichgültigkeit aufsprang. Auf den Schienen der Übeltäter raste ich mit Höchstgeschwindigkeit direkt in die Richtung Abgrund.

Mit sechzehn Jahren war ich soweit, dass ich nichts mehr glaubte, nichts mehr hoffte und mich nicht mehr spürte. Ich fühlte nur noch Schmerz und ließ mich nicht länger von den Erwachsenen betrügen. Die Rolle der erhellenden, selbstlosen, nachsichtigen Mareike warf ich über Bord. Pure Verzweiflung brach aus mir heraus. Akribisch arbeitete ich sämtliche Schandtaten der Jugendlichkeit ab, warf mich wildfremden Männern an den Hals, fing an zu stehlen und trank viel zu viel Alkohol. Ein Hilfeschrei meiner einsamen, vernachlässigten Seele. Ein Ventil, um der dampfenden Wut, der Enttäuschung Luft zu machen?

Die Scham überholte mich allerdings recht bald und stoppte den Zug. Um wiedergutzumachen verwandelte ich mich in Mutters rührseliges Heinzelmännchen, das uneigennützig die Belange des Haushalts versorgte. Nie wieder würde es mir vergönnt sein, einfach ich selber zu sein. Gewiss machte mein unermüdlicher Einsatz meine Mutter nicht glücklich, doch der Gedanke daran, was mit meinen Schuldgefühlen passiert wäre, wenn ich nicht so gehandelt hätte, durchbohrte mein Herz.

Was geschah hier mit mir? Es war doch nicht so einfach, Abstand zu halten. Unruhig lief ich in meinem Garten im Kreis herum. Gefangen im Damals, in der Schuld meiner Mutter noch mehr Kummer bereitet zu haben. Ich war so jung und doch nie frei. Mein

Bauch krampfte. Ich blieb kurz stehen, presste beide Hände gegen ihn, beugte mich nach vorne und schluchzte. Molly setzte sich unsicher vor mich hin. Im Zeitlupentempo sank ich auf die Knie und legte mich neben meinen Hund. Aus dem Schluchzen wurde ein Heulen, ein Jammern und Wimmern. Ich trauerte um meine gestohlenen Kinderjahre, die mir niemand mehr zurückgeben konnte.

Fast wäre ich vor Erschöpfung eingeschlafen, wenn nicht Jophiels Melodie leise ertönt wäre. Tatsächlich kam er wenige Minuten später durch das Gartentor spaziert und setzte sich neben mich auf die Wiese. Er sah traurig aus, legte seine Hand auf meine Schulter und weinte still.

„Ich weine mit dir, meine liebe Mareike, mehr kann ich leider im Moment nicht für dich tun", sagte er schließlich. Wir verweilten einen Augenblick gemeinsam in der Traurigkeit, bis er sich vor mich hinstellte. „Komm, ich nehme dich mit." Hastig schnäuzte ich meine Nase, schniefte und gluckste noch einmal und stand auf. „Und wohin nimmst du mich mit?" „Wir machen einen kleinen Ausflug, damit du wieder spürst, wie schön das Leben ist und damit du erkennst, dass Gott immer ein liebender Gott ist und Ihr Menschen euch das selber gegenseitig antut. Er wird sich nicht einmischen, aber wenn du ihn bittest wird er deine Hand nehmen und dich begleiten."

Vor dem Gartenzaun stand ein Motorroller, an dessen Lenker zwei Sturzhelme hingen. Erstaunt blickte ich ihn an. „Du willst jetzt aber nicht, dass ich mit dieser Höllenmaschine fahre, oder?" Jophiel lachte laut auf. „Höllenmaschine ist gut. Ist wohl eher ein gemütlicher Zweispanner." Er verstaute seinen Hut in dem Gepäckfach unter der Sitzbank, setzte sich den Helm auf und nickte entschlossen. Ich haderte, aber die Neugierde siegte und so stieg ich auf den Roller. Wir fuhren los.

Schon bald fühlte sich der Fahrtwind in meinem Gesicht, wie die längst vergessen geglaubte Freiheit an.

Ich umklammerte Jophiel, schmiegte mich an seinen Rücken und versuchte, all die Schwere hinter mir zu lassen. Die Enge, die mich stets zu ersticken drohte wurde fortgeweht und ich durfte die Weite meines Seins fühlen, ohne Grenzen, ohne Schuld, ohne Verantwortung. Wir fuhren immer schneller, ich blickte in den Himmel und auf den Wolken thronten meine Sorgen, die an mir vorbeirauschten und sich einfach auflösten. Die Angst verbrannte in den Strahlen der Sonne und die Verzweiflung stieß sich am Horizont, der sie hindurchließ, damit sie auf ewig verschwinden konnte. Es gab nur noch mich, das Summen des Motors und meine Sehnsucht.

Molly schlabberte mit der Zunge in meinem Gesicht herum. Das Gras war feucht geworden, die Kleidung klebte klamm an meinem Körper. War ich eingeschlafen? Mühsam stand ich auf, strich meine Hose glatt, lief am Gartenzaun entlang und suchte den Motorroller. Vergeblich. Wieder eine Täuschung meiner

Wahrnehmung? Es verwirrte mich, dass meine Jacke nach Jophiel duftete. Trotzdem umgab mich ein gelöster Zustand, der mir für den Rest des Lebens erstrebenswert erschien.

Ein kleiner Regenbogen sollte der Anhänger an meinem Armband für meine Jugend sein. Er stand symbolisch für jeden Menschen aus dieser Zeit, einschließlich mir selber, dem ich verzeihen wollte und der mir bitte verzeihen sollte. In meiner Vorstellung liefen wir Barfuß über die bunten Farbbänder. Das rote Band vereinte uns in Liebe, das Gelbe erhellte unseren Geist. Als wir über das Orangene Regenbogenband spazierten sahen wir die Welt mit einem weiten Blick, der alles zuließ und das blaue Band unter unseren Füßen beflügelte die Fantasie.

Auf eigenen Füßen

Deine Ausbildung zur Fotografin neigte sich dem Ende zu und ein Teil der Prüfungen lag bereits hinter dir. Du hattest einen Beruf gewählt, in dem dir sowohl dein Einfühlungsvermögen, als auch deine Kreativität zugutekamen. Der Umgang mit den fremden Menschen, übte mehr und mehr eine Faszination auf dich aus. Durch den Sucher der Kamera, der wie ein Filter zwischen dir und den Menschen diente, gelang es dir, den nötigen Abstand zu wahren und dich trotzdem mit ihnen zu verbinden.

Viele Kunden verkrampften sich. Dein Gespür für den richtigen Momenten, wenn ihre Versteinerung zu bröckeln begann abzulichten, machten deine Bilder zu authentischen Kostbarkeiten. Du warst voll in deinem Element und die zauberhafte Kulisse des Schwarzwaldes, die du nun mit anderen Augen wahrnehmen konntest, wurde eines deiner Lieblingsmotive.

Aber nicht immer waren die Kunden unkompliziert. Ludwig stellte sich als ein schwieriger Kunde heraus. Er hatte so viele Extrawünsche. Selbstbewusst erklärte er dir die

Posen, in denen du ihn fotografieren solltest. Zugegeben, er sah sehr gut aus. Ludwig überragte dich um eine Kopfes Länge. Kurze, dunkle Haare und eine extravagante, schwarze Brille ließen ihn erhaben erscheinen. Die kleinen, blaugrauen Augen musterten dich aufmerksam und beobachteten jeden deiner Schritte. Weil er die Fotos für seine Firma benötigte, um persönliche Visitenkarten zu drucken, hatte er zu seiner Jeanshose, ein modernes, dunkelblaues Sakko, ein weißes Hemd und eine hellblau gestreifte Krawatte getragen.

Nachdem Ludwig endlich zufrieden war und du fix und fertig, lud er dich spontan zu einem Frühstücksbrunch am kommenden Sonntag ein. Beeindruckt von seiner Zielstrebigkeit und seiner Reife, denn er war immerhin acht Jahre älter als du, sagtest du ohne lange zu überlegen zu.

Es blieb nicht bei einer Verabredung. Verliebt bis über beide Ohren fiebertest du jedem Treffen entgegen. In seiner Beständigkeit fühltest du dich sicher. Ludwig drängte dich bereits kurze Zeit später, mit ihm in eine gemeinsame Wohnung zu ziehen. Es war schwer für dich, deine Mutter zu verlassen, denn die Sorge um sie begleitete dich seit Jahren. Trotzdem, das Leben sollte für dich jetzt beginnen.

Dass nun ausgerechnet in den ersten Wochen nach deinem Auszug das heulende Elend dein Zimmergenosse wurde, war so nicht geplant. Dein altes Zuhause und die Geschwister fehlten dir sehr und es fehlte dir die Kontrolle darüber, ob es deiner Mutter wirklich gut ging.

Zögerlich fingst du an, deine Freundinnen in dein Leben einzuladen. Eure Wohnung wurde zu einem Ort der fröhlichen Begegnungen. Es machte dir nichts aus, dass Ludwig nur wenig daheim war. Du hattest mit dir selber genug zu tun. Sich neu zu orientieren brauchte Zeit. Doch der gewonnene Abstand zu einem Leben voller Sorgen, glich all diese Mühen wieder aus.

Ich erinnerte mich, wie facettenreich meine Ideen waren, wie euphorisch ich die gemeinsame Zukunft plante. Ein kurzer Moment, in dem ich das Glück umfing und alles Weitere unwichtig erschien. Tatsächlich glaubte ich angekommen zu sein in meinem Leben.

Mir kam der erste Sex mit Ludwig in den Sinn. Wir hatten zuvor die halbe Nacht auf einer Party getanzt. Seine starken Hände hielten mich fest umschlossen. Jede Drehung, jeden Richtungswechsel führte er gekonnt und sicher über das Parkett. Ludwigs Schrittfolgen waren in ihrer Perfektion unvergleichlich. Ich schmolz in seinen Armen dahin.

Später nahm er mich mit zu sich nach Hause. Wir küssten uns leidenschaftlich. Stöhnend riss er meine Bluse auf, öffnete den Büstenhalter und liebkoste meine Brüste. Ich konnte kaum an mich halten. Meine Erregung steigerte sich bis zur Ekstase. Ludwig warf mich auf das Bett. Zog erst meine, anschließend seine Hose herunter und ließ sich auf mich fallen. Seine Zunge fuhr über meinen Bauch. Als er begierig in mich eindrang, entglitt mir ein kurzer Schrei. Das er mir weh tat, bemerkte er nicht in seinem Rausch.

Der Schmerz ließ nach und plötzlich gefiel mir seine Art mich zu nehmen. Hemmungslos, feurig und fordernd. Dieser Mann schien alles im Griff zu haben.

Heute würde ich sagen er war rücksichtslos, aber ich war blind vor Liebe zu ihm. Geblendet von dem großen Altersunterschied und seiner Männlichkeit, erkannte ich nicht, dass das Alter nicht zwingend auf Bewusstseinsreife, Emotionalität oder Empathiefähigkeit schließen ließ.

Nachdem wir ein Jahr zusammengewohnt hatten, heirateten wir. Mir schmeichelte sein penetranter Wunsch mich zur Frau zu nehmen. Ich hatte nicht einen Gedanken daran verloren, dass er mich eigentlich nur besitzen wollte. Von nun an rief man mich Frau Mareike Danner.

Hiobsbotschaft

Mit gerade zweiundzwanzig Jahren wurdest du schwanger. Die Freude auf das Baby erfüllte dich mit Dankbarkeit. Ludwig war nach wie vor sehr viel geschäftlich unterwegs. Sein Job als Handelsvertreter für eine große Gießerei die weltweit expandierte, gab ihm Erfüllung und Ansehen. Du hattest dich schon längst an das Alleinsein gewöhnt.

Es geschah mitten in der Nacht um viertel vor drei. Heftige Unterleibsschmerzen rissen dich aus dem Schlaf. Nachdem das Blut kam, schwemmte es die Zuversicht mit jedem Tropfen aus deinem Geist. Ängstlich spürtest du, was nun passieren würde. Zufällig war dein Mann einmal Zuhause und fuhr mit dir umgehend in das Krankenhaus.

Die Fahrt dorthin fühlte sich wie eine Bestrafung an. Jede Bodenwelle, die der Wagen durchfuhr, schmerzte in deinem Bauch und trieb dir erneut Tränen in die Augen. Bilder deines vergangenen Lebens zogen an dir vorbei und machten dich noch trauriger. In der Klink angekommen ging alles ganz schnell. Die Worte des Arztes drangen nur leise bis zu dir durch: „Es tut mir leid, Frau Danner, aber

Sie hatten eine Fehlgeburt. Wir mussten eine Ausschabung vornehmen. Sie sind noch sehr jung und werden sich schnell erholen. Einem erneuten Versuch ein Baby zu bekommen steht nichts im Wege. So etwas kann leider in den ersten Wochen einer Schwangerschaft geschehen." Benommen von der Narkose unternahmst du den Versuch, einen Punkt an der sterilen weißen Wand zu fixieren. So einfach war das also, das passierte halt mal, war alles was du denken konntest.

Ludwig gab sich Mühe. Trotzdem nervten dich seine Versuche dich wieder fröhlich zu stimmen. Da gab es nichts, was hätte helfen können, außer einem Lastwagen voller Taschentücher und sein Mitgefühl. Warum weinte er nicht einfach mit?

Zum ersten Mal fiel dir auf, wie unbeholfen Ludwig den Emotionen gegenüberstand. Völlig überfordert rang er um die richtigen Worte. „Das wird schon wieder, Kleines. Das Leben geht weiter. Lach doch mal." Sein leichtes Stottern tauchte vor allem dann auf, wenn er unsicher wurde.

Er hatte dir schon vor längerer Zeit erzählt, dass er nach dem dritten Grundschuljahr mit dem Stottern anfing. Es war wirklich schlimm für ihn. Welchen Auslöser es dafür gab, verschwieg er. Ludwig übte jahrelang das Stottern zu unterdrücken und wer ihn nicht gut kannte, bemerkte die kurzen Aussetzer nicht. Er sprach sehr schnell und damit gelang ihm so ziemlich jedes Stocken unter Kontrolle bringen.

Seine wenig einfühlsamen Worte drangen kaum zu dir durch, sie klangen zu banal. Was sollten diese Floskeln? Es war schließlich auch sein Baby. Wollte er denn wirklich nicht sehen? Warum konnte er nicht erkennen, was dieser Verlust mit dir machte?

Nach zwei Tagen trat dein Mann seinen Dienst in der Firma wieder an. Du wurdest das Gefühl nicht los, dass er aus dieser Situation flüchtete. Aber anstatt mit ihm darüber zu sprechen, legtest du dir wieder einmal eine Entschuldigung für sein Verhalten zurechtgelegt: „Wie soll ein Mann auch nachempfinden, was mit einer Frau, nach einer Fehlgeburt geschieht? Ich erwarte gewiss zu viel von ihm. Sowas passiert halt mal, hat immerhin auch der Arzt erklärt."

Drei Wochen nach diesem schrecklichen Ereignis nahmst auch du deine Arbeit wieder auf.

Das verlorene Baby war kein Thema mehr für deinen Mann. Keiner bemerkte, wie es dir wirklich ging. Engagiert wie eh und je hattest du versucht deinen Kummer zu verbergen. Nicht einmal deiner Schwester Ruth, die mittlerweile ihr zweites Kind in den Armen wiegen durfte, fiel dein Gemütszustand auf. Unwissend setzte sie dir ihre Kleine, als gutgemeinten Wiederbelebungsversuch, auf den Schoß.

Und die Menschen behielten recht, es ging irgendwie weiter. Dein Schmerz verblasste.

Eine ungeheuerliche Wut stieg beim Lesen meiner Geschichte in mir auf. Ich fühlte mich noch einmal vom Leben betrogen. Warum war das Glück nur so ungerecht verteilt?

Schrecken ohne Ende. Ich musste an die zweite Fehlgeburt denken, die eineinhalb Jahre später meine Zuversicht endgültig zerstörte. Sechzehnte Schwangerschaftswoche. „Das passiert halt mal", sagte kein Arzt mehr zu mir. Dieser Schicksalsschlag zog mir den Boden unter den Füßen weg. Meinem geliebten Baby wurde ein Leben mit mir verwehrt. Und als wäre das nicht schon Unglück genug, musste ich von nun an zusätzlich mit der Tatsache leben, niemals ein eigenes Kind zu bekommen!

Offensichtlich war sich der Gynäkologe der Tragik bewusst. Teilnahmsvoll erklärte er mir, dass die Eierstöcke entfernen werden mussten.

Eine kaum zu beschreibende Hilflosigkeit drückte auf mein Herz und blockierte jeden vernünftigen Gedanken. Zu meiner Lebensplanung gehörten schon immer Kinder. Sie waren es, die mich als Frau und meine Bestimmung vollkommen machten. Nun gab es keine Richtung mehr, kein Ziel, keine Perspektive.

Was um Himmels Willen sollte ich aus diesem Schicksalsschlag lernen? Dass man achtzig Prozent seines Lebens einfach nur funktionierte? Das alles manchmal sinnlos erschien? Für mich war es so. Es machte überhaupt nichts mehr einen Sinn. Die Enttäuschung zermürbte meinen Glauben an Gerechtigkeit abermals. Um nicht endgültig einer Depression zu erliegen, stürzte ich mich in die Arbeit. Gewiss tat es mir nicht gut, die Trauer schnellstmöglich zu verdrängen, keine Schwäche zu zeigen, aber ich musste irgendwie überleben. Zuerst brachte mir die Verdrängung wirklich eine Linderung des Schmerzes, jedoch schlummerte er nur. Ich war mir der Tragweite dessen, was passieren würde, wenn er erwachte, nicht bewusst.

Unterdessen bekamen meine Freundinnen reihenweise süße Babys. Als wenn es nichts anderes mehr auf dieser Welt gäbe, führte jedes unserer Gespräche unweigerlich in die Welt der jungen Eltern. Wie eine Ertrinkende fing ich an zu paddeln.

Hin und wieder versuchte ich einen guten Ratschlag in Bezug auf die Kindererziehung beizutragen. Schließlich wollte ich noch dazu gehören. Aber sie wiesen mich stets unverblümt in meine Schranken der Unwissenheit. Ich hatte hier nichts zu „meinen" oder zu „kommentieren".

„Sei bitte nicht traurig, aber du verstehst das nicht Mareike, du hast ja keine Kinder." Ja, Herr Gott, ich hatte keine Kinder, aber ich hatte einen gesunden Menschenverstand, war selber einmal ein Kind und verfügte über ein gütiges Herz. Ich hasse ihr flüchtiges Mitgefühl und verkroch mich mehr und mehr in mein Schneckenhaus.

Ludwig wollte von all dem nichts hören. „Du bist eine Mimose. Reagier doch nicht immer so hysterisch." Es musste der Tunnelblick sein, mit dem er umherlief und die Schieflage nicht sah. „Komm schon, Mareike, die meinen es nicht so", war sein umfassender, beiläufiger Kommentar, der jegliche Diskussion beendete. Was war nur aus uns geworden?

Täglich besuchte ich das Denkmal der Sternenkinder auf dem Friedhof. Ein friedlicher Ort der Besinnung für alle, die ein Kind schon vor der Geburt verloren hatten. Unser erstes, ungeborenes Baby, ein Junge, sollte Mika heißen und das zweite, ein Mädchen, wäre meine geliebte Theresa geworden. Was auch immer diese kleinen Seelen zur Umkehr bewogen hatte, sie mögen glücklich werden. Ich fühlte mich wie ein Tier, dem man das Fell über die Ohren gezogen hatte. Wenn ich am Denkmal innehielt und die beiden Sterne mit ihren Namen betrachtete, wollte ich nur noch sterben.

Traurig legte ich den Ordner auf mein Bett und deckte ihn mit dem Kopfkissen zu, damit ich ihn nicht mehr sehen musste. Kurz darauf flüchtete ich in das Hallenbad am Rande der Stadt und schwamm entmutigt eine Bahn nach der anderen. Nachdem ich der dritten Frau versehentlich unsanft mit meinen Füßen in den Bauch getreten hatte, beendete ich meinen Feldzug, duschte mich flüchtig ab und suchte die Familienumkleidekabine auf. Sie war etwas geräumiger als die Einzelkabinen. Ich warf das Handtuch auf die Bank, um den Badeanzug abzustreifen, als plötzlich Jophiels Melodie an meine Ohren drang.

Unschlüssig darüber, was ich tun sollte holte ich tief Luft. Reichte die Zeit bis zu seinem Erscheinen um mich anzuziehen? Schlussendlich war es mir einerlei. Verstohlen blickte ich mich noch einmal um und zog vorsichtig den nassen Badeanzug aus.

In diesem Moment erschien Jophiel vor mir. Mir fehlten buchstäblich die Worte. Mit weit aufgerissenen Augen starrte ich ihn fragend an. „Ich kann mich umdrehen, wenn du möchtest, Mareike. Aber wenn du etwas aus der Situation mitnehmen willst, so lass zu, dass du nackt vor mir stehst." Regungslos stand ich da. Ich war mir nicht sicher ob es meine Tränen waren die mir über das Gesicht liefen, oder das Wasser, dass von den Haaren tropfte.

Jophiel legte das Handtuch über meine Schultern, nahm mich in seine Arme und hielt mich schweigend fest. Nur unser Atem und das leise klappern meiner

Zähne, war zu hören. Ich zitterte, mir war plötzlich so kalt. Was hatte er vor?

„Nackt, schutzlos, einsam. So wurdest du der Situation ausgesetzt. Spürst du es? Und in all den Jahren hast du dich noch immer nicht schützend umhüllt. Wir ziehen dich jetzt gemeinsam an. Einverstanden?" Er legte einen Finger unter mein Kinn, und hob meinen gesenkten Kopf an. Ich musste ihm zwangsläufig in die Augen schauen, die mich fragend anblickten. Zustimmend blinzelte ich mit den Lidern.

Es fühlte sich weder peinlich noch anzüglich an, hier alleine mit Jophiel in der Umkleidekabine zu sein. Mich erstaunte mein tiefes Vertrauen zu ihm. Still ließ ich alles geschehen. Er kniete sich vor mich hin und zog mir zuerst die Strümpfe an. Langsam und andächtig glitten meine Füße in die Strümpfe. „Sie schützen dich vor jedem bösen Wort, dass gegen dich gerichtet wird. Tritt es einfach weg. Glaube denen nicht, die dir erzählen wollen, dass du nicht in Ordnung seist. Lass es unter keinen Umständen an dich heran."

Dann nahm er die Unterwäsche. Ich stieg in die Öffnungen des Schlüpfers. Er stülpte ihn ehrfürchtig über meine Scham. Mit dem Büstenhalter hüllte er vorsichtig meine Brüste ein. „Bewahre dir deine Intimität, Mareike, niemandem soll es gelingen, deine Würde anzutasten. Du gehörst nur dir alleine." Gerührt von dieser Zeremonie, schien sie mir auf wunderliche Weise so normal, als würde mir das täglich wiederfahren.

Mit jedem Kleidungsstück fühlte ich mich stärker. „Die Hose und dein Shirt symbolisieren Schönheit und Wertschätzung. Keiner, der dich nicht verstehen will, soll dein Herz je wieder brechen. Ein Mantel aus Liebe wird dich umfangen und deinen Widersachern den Eintritt zu deiner Seele verwehren." Wir standen uns so nah gegenüber, dass ich seinen Atem fühlen konnte. Während wir uns anlächelten, streifte er mit seinem Daumen die letzten Tränen aus meinen Augen.

Schweigend verließ ich die Kabine vor ihm. Die Kunststofftüre schnappte hinter mir zu. Ich drehte mich nicht mehr um, denn ich wusste, dass Jophiel fort war.

Noch nie in meinem Leben habe ich mich so bedingungslos behütet, beschützt und geliebt gefühlt, wie nach diesem göttlichen Ritual. Mir wurde ein Geschenk gemacht. Fortan zog ich nicht einfach nur meine Kleidung an, sondern ich hüllte mich ein und übte mich darin mich zu lieben und zu ehren.

Ich erkannte plötzlich, was die Beziehung zu Ludwig mit mir machte. Mit Schrecken musste ich feststellen, dass er nie etwas an sich auszusetzen hatte, dass er nie bereit war, Gefühle zuzulassen und als mir seine Eltern in den Sinn kamen, dachte ich daran, wie sie aus ihrem Sohn eine Leistungsmaschine gemacht hatten. Ein Statussymbol, welches keine Schande über die Familie bringen durfte. Ludwig erfuhr kaum

Liebe um seiner selbst willen. Anerkennung für erbrachte Leistungen und Tadel wenn er versagte, das musste genügen. Sein Vater thronte patriarchisch als Oberhaupt der Familie auf seinem Platz, den ihm keiner streitig machen durfte. Er verlangte Gehorsam und Disziplin von Frau und Kind und vertrat seine Prinzipien, wenn es sein musste, bis auf`s Blut.

Wie sollte Ludwig etwas geben können, was er selber nie empfangen hatte. Irgendwann musste er eine Mauer um sich herum errichtet haben, damit das schmerzliche abgetrennt sein, die aufkommenden traurigen Gefühle nicht mehr zu ihm durchdrangen. Er war stolz, aber nicht selbstkritisch. Eine Zeit lang hielt ich seine Charakterzüge für Stärke. Eine Schulter, an die ich mich lehnen konnte, ein Mann, der immer eine Lösung bereithielt. Mir imponierte die Gradlinigkeit, sein kühler Kopf, der für jedes Wunder eine logische Erklärung parat hatte und die Hartnäckigkeit, mit der er sich zu gnadenloser Konsequenz zwang. Ich bewunderte Ludwig, weil er das verkörperte, von dem ich glaubte, dass es mir fehlte.

Jetzt erkannte ich plötzlich, dass ich von meiner Kraft immer abgegeben hatte, dass ich eigentlich die Stärkere in unserer Beziehung war. Mein Mann befand sich bei meiner zweiten Fehlgeburt auf Erfolgskurs in Amerika und kam erst zurück, nachdem ich aus dem Krankenhaus entlassen wurde. Er versteckte sich, er versteckte sich vor der Liebe, vor sich selber, vor dem Leben. Meine Wut wurde langsam schwächer, doch vergeben konnte ich ihm noch nicht. Zu viele Fausthiebe schmerzten noch. Unsere Ehe war nicht nur ein fauler Kompromiss, sie war eine Täuschung!

Alles für den Hund

Es war eine gute Bekannte, die dich auf den Gedanken brachte, deine Einsamkeit mit einem Hund zu teilen. Die Anzeige in der Tageszeitung, dass junge Hunde dringend eine neue Bleibe suchten, machte die anfängliche Idee zu einem konkreten Vorhaben. Kurzentschlossen hattest du dich mit einer Dame der Tierhilfsorganisation verabredet und Ludwig mit dorthin geschleppt.

Kritisch schaute er sich die Hunde an. „Ich weiß nicht, Mareike, bist du sicher, dass wir einen Hund haben sollten?"

Er zählte dir alle Nachteile auf, die so ein Tier mit sich bringen würde. Doch deine Entscheidung stand fest. Entschlossen nahmst du den auserwählten, kleinen Hund auf deinen Arm. Missmutig regelte Ludwig die Formalitäten, während Sam, so sollte die kleine Fellnase heißen, es sich auf deinem Schoß im Auto gemütlich machte.

Eure Kommunikation klappte auf Anhieb. Sam gab dir das Gefühl, genauso dankbar zu sein, wie du. Sein wuscheliges, hellbraunes Fell fühlte sich so weich und wohlig an und du wusstest, dass er dein bester Freund werden würde. Ein Hundekörbchen im Hausflur und eines in deinem kleinen Atelier im zweiten Stock der Wohnung dienten Sam zum Ausruhen.

Um deine Balance wieder zu finden hattest du einige Wochen bevor der Hund zu dir kam, deine Festanstellung gekündigt. Der Traum, dich als freischaffende Fotografin selbständig zu machen, sollte kein Traum mehr bleiben. Sich neu zu orientieren schien dir die beste Möglichkeit, um deinem Leben neue Impulse zu geben.

Aber dein Glück wurde überschattet von den entmutigenden Zwischenrufen deines Mannes. „Du glaubst doch nicht wirklich, dass du davon leben kannst. Und jetzt auch noch der Hund. Du hast bestimmt nur deinen Job gekündigt, damit du Zeit für den Köter hast." Immer häufiger traf Ludwigs Missgunst mitten in dein Herz.

Wäre da nicht dieses Glücksgefühl gewesen, dass Sam bei dir auslöste, hätte dir die Kraft gefehlt Ludwigs Anfeindungen einfach zu überhören. Aber so, ließ dich seine Gefühlsbeschränktheit ziemlich kalt, denn du warst nun nicht mehr alleine, wenn Ludwig wochenlang auf Geschäftsreisen ging.

Ich erinnerte mich an die vielen Spaziergängen mit Sam und an die Abenteuer, die wir erleben durften. Zehn Jahre lang war er treu an meiner Seite. Ein gefüllter Futternapf, der nötige Auslauf und die Streicheleinheiten genügten ihm. Wir wurden unzertrennlich. Fast hätte man glauben können, er verstand mich besser als jeder andere, wenn sein Schnäuzchen auf meinen Knien lag und er die Tränen von meinen Händen schleckte.

Zu den vielen, endgültigen Abschieden die ich bereits nehmen musste, gehörte auch der von Sam. Mir erschien das Loslassen immer als eine der schwersten Lektionen. Der Abschied von meiner geliebten Großmutter und die unsägliche Trauer um meine nie geborenen Kinder waren ja bereits Thema in meinem Ordner.

Die junge Schmuckverkäuferin zeigte mir verschiedene Anhänger für mein Bettelarmband. Ein goldenes Herz, das mit vielen kleinen weißen Glitzersteinen umrandet war, funkelte wie Sternenstaub und sollte an meine lieben Verstorbenen erinnern. „Das ist wirklich hübsch", meinte sie nachdem sie es befestigt hatte. „Ja, dass finde ich auch. Ein schönes Zeichen der Zuneigung und Liebe." Nachdenklich betrachtete ich das Armband. Ein Lächeln kam über meine Lippen, als ich das Geschäft verließ.

Unverhofft stieß ich mit meinen Mädels auf dem Gehweg zusammen. „Was macht ihr denn hier? Das ist ja eine Überraschung." Lächelnd umarmte ich die beiden. „Wir machen gerade Besorgungen für die Party am Wochenende. Und du?" fragte Jette. „Ich habe mir gerade einen neuen Anhänger für mein Armband gekauft."

Sie schauten auf mein Handgelenk, als ich es wie eine Trophäe hochhielt. Ella kicherte. „Bist du nicht ein wenig zu alt für so was? Was denkst du, Jette? Findest du es nicht auch komisch, wenn eine Frau in Mamas Alter noch ein Bettelarmband trägt?" „Warum trägst du es denn, Mama? Hat das einen Grund?" wollte Jette wissen und schleckte genüsslich an ihrem Eis.

Ich erzählte ihnen, dass ich mein Leben noch einmal Revue passieren ließe und einigen Menschen vergeben müsste und dass von diesem Ritual die nötige Kraft ausgehen soll, die ich dringend benötige. „Echt jetzt? Und das hilft?" Skeptisch schaute Ella mich an, als wollte sie ergründen, ob ich noch alle Tassen im Schrank hätte. „Mir schon. Aber ich kann verstehen, dass ihr damit noch nichts anfangen könnt. Euer Leben beginnt ja erst."

Von Jophiel erzählte ich ihnen nichts. Ich verstand ja selber kaum was mit mir geschah.

Daheim angekommen setzte ich mich in den Garten unter meinen Lieblingsbaum und hing den Gedanken nach. Erst in einer Woche würde Ludwig wieder für einen Kurzbesuch den Weg nach Hause finden. Wie oft hatte ich verzweifelt versucht, ihn zu ändern und mir die Zähne daran ausgebissen. Resigniert stellte ich fest, dass es unmöglich war, meinen Fingerabdruck zu seinem zu machen. Oder zumindest eine Ähnlichkeit herzustellen.

Der Ruf eines Vogels unterbrach meine Gedankenreise. Hörte sich an wie Jophiels Melodie, aber irgendwie auch nicht. Mit kopfüber suchte ich die Baumkronen nach dem seltenen Vogel ab, konnte jedoch nichts entdecken. Molly sprang mit Feuereifer an einem Stamm hoch, aber ich sah immer noch nichts.

„Einen wunderschönen guten Abend, liebe Mareike." Jophiel stand hinter mir und blinzelte ebenfalls in die Krone des Baumes. Pfeilschnell drehte ich mich um und landete direkt in seinen Armen. Sein obligatorischer Panama-Hut fiel zu Boden. „Hoppla, nicht so stürmisch", er lachte und ich fand, er sah unverschämt gut aus in seinem Jeanshemd. „Du kannst es einfach nicht lassen, mich zu überraschen, richtig?" Auch ich musste lachen. Wir setzten uns und lehnten an dem Stamm der mächtigen Eiche. Bei jeder seiner Bewegungen streifte sein seltsamer, mich berührender Duft meine Sinne. Ich musste ihn einfach fragen: „Duften alle Engel so?" „Weshalb? Riecht es unangenehm?" Er schnüffelte an seinen Oberarmen. „Nein, ganz im Gegenteil, ich liebe den Geruch." Meine Nase rutschte stetig näher zu ihm.

„Ein außergewöhnlicher, angenehm blumiger Duft, der mir im ersten Moment bekannt vorkam und dann doch ganz fremd. Ich rieche es so gerne. Erinnert irgendwie an die große Freiheit."

Aus den Augenwinkeln sah ich einen leicht rötlichen Schimmer der Verlegenheit auf seinen Wangen. Das amüsierte mich. Jophiel lenkte schnell ab. „Wie geht es dir heute?" „Ich würde behaupten, recht gut. Ich bin ein wenig gelassener geworden. Meine Erwartungen an mich sind im Moment nicht so groß und deshalb kann ich vernünftiger über mein Leben nachdenken, über alles, was ich in Zukunft ändern möchte." Jophiel legte seinen Arm um meine Schulter. „Das freut mich für dich. In der Ruhe liegt die Kraft und von der wirst du noch eine Menge brauchen." „Das denke ich auch. Sag mir bitte, dass ich es schaffen werde", bettelte ich. „Sag mir, dass ich nur ein kleines bisschen wahre, aufrichtige Liebe erfahren darf, wenn alles hinter mir liegt."

Sein Blick verriet mir, dass er keine Versprechungen machen konnte und erst recht keine Prophezeiungen. „Ach, Jophiel, wir schachern und Feilschen um die Liebe und zerstören dadurch all ihre Schönheit, ihre Freiheit und Fruchtbarkeit. Das kann doch keine Liebe sein, wenn man sie an Bedingungen knüpft. Wenn sie mit Bequemlichkeit und Besitzansprüchen verwechselt wird." „Ja, so ist es leider oft. Die Liebe wurde, so lange es Menschen gibt, für egoistische Zwecke missbraucht. Umso wichtiger ist es, dass du dich selbst liebst. Gib dir selber die Liebe, die andere nicht in der Lage sind dir zu geben." Ich stützte meinen Kopf gegen den Baum, schloss die Augen und streichelte Molly, die zwischen meinen ausgestreckten Beinen lag. Der Duft von Jophiel verblasste. Ohne hinzusehen wusste ich, dass er wieder einmal verschwunden war.

Hinter meinen geschlossenen Augen spulte sich mein Leben ab. Vier lange Jahre nach den Fehlgeburten glitt es, bedeutungslos wie Sand, durch meine Finger. Meine Arbeit als Fotografin und der treue Sam waren die einzigen Gründe um weiter zu leben. Die Angst um meine Mutter hielt mich in Atem. Sie hatte sich in all den Jahren nie von dem Scheidungskrieg, den Ängsten und der Demütigungen erholt. Mutter lebte seither ein freudloses Leben in einem Jammertal, aus dem keiner sie herauszuholen vermochte.

In dem Ordner lag ein Brief, den Mutter an uns Kinder geschrieben hatte:

Meine lieben Kinder Ruth, Mareike, Luzia und Malte,

bitte glaubt mir, ich habe mir diesen Schritt wohl überlegt. Es hat nichts mit Euch zu tun, ganz im Gegenteil. Euch habe ich zu verdanken, dass ich so lange durchgehalten habe. Euch erneut Kummer zu bereiten ist leider unumgänglich und zerreißt meine Seele, doch hoffe ich sehr, dass Ihr ein klein wenig Verständnis habt. Wenn nicht gleich, dann vielleicht später.

Vor einem Jahr wurde mir klar, dass ich, wen wundert es in einer schweren Depression stecke. Ich sah kein Licht mehr in der Dunkelheit, wurde gequält von Schmerzen Nacht für Nacht. Es tat schrecklich weh und ich wusste, dass mir niemand aus diesem Seelenschmerz heraushelfen konnte. Ich musste es selber tun. Eine Therapie wurde mir dringend angeraten. Aber, was soll ich Euch sagen, meine bezaubernden Kinder, ich habe keine Kraft mehr dafür gehabt.

Ihr habt mein Leben reich und bunt gemacht. Ich durfte Euch aufwachsen sehen und meinen Teil dazu beitragen, wobei mir sicherlich nicht alles gelungen ist. Nach der Trennung von Eurem Vater wurde es so düster um mich.

Er war ein schlechter Verlierer und machte uns das Leben zur Hölle. Ich ging durch diese Hölle, mit Euch an meiner Seite und wir gingen so lange, bis wenigstens ihr wieder ein Stück Himmel sehen konntet. Verzeiht meine Lieben, verzeiht.

Ich funktionierte nicht mehr sonderlich gut und das war gewiss schrecklich für Euch. Obwohl ich Eurem Vater ziemlich lange die Schuld daran gegeben habe, habe ich ihm heute verziehen. Bedenkt, wir Menschen sind alle gleich, haben dieselben Sehnsüchte. Jeder sehnt sich nach Verständnis, Akzeptanz und Liebe. Tretet nicht in meine Fußstapfen und verkriecht Euch, wenn das Leben schwierig wird. Menschen brauchen die Gemeinschaft.

Ich wünsche mir ein gutes Leben für Euch. Vergesst nie, dass Ihr immer die Wahl habt: ob Ihr mogelt und betrügt oder ob es fair zugeht, liegt in Euren Händen. Verweist alle vom Platz, die Euch an Eurem Wert zweifeln lassen. Verzagt nicht, wenn Ihr nichts ändern könnt, sondern lasst los. Ihr tragt die volle Verantwortung für Euer Leben. Ich bin zu alt, zu müde für ein neues Spiel und habe meine Chancen zu spät erkannt. Viel Glück, meine Kinder.

Von ganzem Herzen und in Liebe

Eure Mama

Als wir im strömenden Regen vor Mutters Sarg standen, war es zu spät. Zu spät, sie in die Arme zu nehmen und ihr zu sagen, wie bewundernswert sie alles, trotz ihrer Verzweiflung hinbekommen hatte.

Der Arzt, der den Totenschein ausgestellt hatte, sagte uns, dass Mutter nicht gelitten hätte. Sie nahm eine Überdosis Schlaftabletten, legte sich in ihr Auto, leitete mit einem Schlauch die Abgase vom Auspuff in das Innere des Wagens und schlief ein, bevor die Gase sie erstickten. Wirklich ein Trost war es nicht, denn wie Mutter schon geahnt hatte, verstanden wir zu dieser Zeit nicht, warum sie sich das Leben genommen hatte. Aber ihr Brief nahm uns die Schuld. Wir wussten, dass wir nichts mehr hätten tun können und dass wir nicht der Grund für diesen endgültigen Entschluss waren. Und doch, dass Herz hinkte diesem Wissen hinterher. Was, wenn wir das Unfassbare hätten abwenden können? Wenn ich ihre Worte heute lese, klingen sie wie eine Gebrauchsanleitung für das Leben. „Verweist alle vom Platz,…Tragt Verantwortung für euer Leben."

Luzia ging es nach Mutters Tod besonders schlecht. Sie war gerade fertig mit dem Studium zur Grundschullehrerin, hatte das Referendariat erfolgreich beendet und wollte in wenigen Wochen durchstarten. In den Ferien wohnte sie noch regelmäßig bei Mutter, doch nun mussten wir die Wohnung räumen. Kurzentschlossen holte ich Luzia zu mir nach Hause. Platz gab es zur Genüge. Gemeinsam suchten wir dann in aller Ruhe nach einer neuen Bleibe in der Stadt, in der Luzia in einem Monat ihr Lehramt antreten würde. Ludwig ging zu meinem Erstaunen sehr rücksichtsvoll mit mir und meiner Schwester um und ich war ihm sehr dankbar dafür.

Totentanz

Dein Vater starb ein Jahr nach Mutters Tod überraschend an einem Herzschlag. Der erfolgreiche Johannes Holzmann, dem es gelang, nach der heftigen Krise sein Prestige in der Geschäftswelt neu zu festigen. Dein Kontakt zu ihm war in den letzten Jahren, vor seinem Tod, eingeschlafen. Lediglich an Geburtstagen oder an Weihnachten wurden Karten verschickt.

Eigentlich wusste er gar nichts von dir und zeigte auch kein großes Interesse daran, diesen Umstand zu ändern. Seine zweite Frau Marion gab sich stets gespielt höflich. Ihr lag nicht viel an einem Kontakt zu euch Kindern. In dieser Welt der Reichen und Schönen gab es keinen Platz für euch. Umso schmerzlicher wurde der Tag seiner Beerdigung.

Mit gemischten Gefühlen waren deine Geschwister und du den weiten Weg angereist. Es herrschte eine unangenehme Stille, während dein Wagen über die Autobahn rollte.

Dein Vater war aus der Kirche ausgetreten und ein Bestattungsinstitut sollte die Abschiedszeremonie vollziehen. Die Tatsache, dass er nicht mehr der Kirche angehörte, schockierte dich. Ausgerechnet Vater, der euch Kinder Sonntag für Sonntag in die Kirche geschleppt hatte. Ein Christenmensch aus tiefster Überzeugung, dem die Traditionen und Rituale stets wichtig waren.

Euch wurde ein Schauspiel sondergleichen geboten. Bis ins kleinste Detail hatte Vaters neue Frau, ohne im Traum daran zu denken euch miteinzubeziehen, alles organisiert. Ein trauriges Spiel, reich an Dramatik. Das musste man ihr lassen. Es war perfekt inszeniert.

In der Einsegnungshalle hingen rechts und links an den Wänden große Fotos von deinem Vater. Als du nach vorne zu seinem Sarg liefst, fühltest du dich von seinen Blicken beobachtet. Auf dem Sarg lag ein großes Blumengebinde mit roten und weißen Rosen. In der Mitte brannte eine Kerze.

„Nur du und ich. Für immer dein. In Liebe Marion", stand mit schnörkeliger Schrift auf der roten Trauerschleife.

Der kleine, liebevoll arrangierte Grabstrauß, in dem vier Holzsterne, mit euren Namen versehen steckten, fand seinen Platz neben dem Sarg. Winzig zwischen den mächtigen Kränzen und Gestecken, sah man ihn kaum.

Im Hintergrund lief die dramatische Passage aus Elias, dem Oratorium von Mendelsohn. Der Chor flehte verzweifelt um Hilfe, weil niemand das Volk tröstete. Pathetischer ging es nun wirklich nicht.

Die Trauergäste schienen dir fremd. Freunde deines Vaters, Geschäftspartner und Nachbarn belegten nach und nach die Plätze der Einsegnungshalle. Widerwillig nahm ihr vorne neben Marion Platz. Als sie deine Hand nehmen wollte, hattest du sie schnell zurückgezogen.

„Papa, was ist nur aus uns geworden?" ging dir durch den Kopf. Zwei Tränen liefen deine Wange hinunter. Die wenigen Treffen mit ihm nach der Scheidung brannten sich wie ein Feuermal in dein Gedächtnis. Es gelang deinem Vater und dir nicht an alte Zeiten anzuknüpfen. Was geschehen war, wurde verleugnet. Er stülpte dir die Rolle der repräsentativen Tochter über. Du warst nur noch ein Teil seines Status, den er gerne vorführte. Vater merkte nicht, dass er ein verwirrtes, junges Mädchen vor sich hatte, das sich nach Verständnis und Mitgefühl sehnte. Jeder Versuch der wahrhaften Annährung scheiterte.

Deine Schwester Ruth nahm, im Geiste mit dir verbunden, deine Hand. Auch Luzia und Malte hielten sich an den Händen. Vereint in der Fassungslosigkeit darüber, wie eure Geschichte mit ihm, eurem Vater endete, hattet ihr ihn zu Grabe getragen.

Es war später Nachmittag geworden. Für heute sollte es genug sein. Ich brauchte eine Pause um über alles nachdenken zu können.

Der Tod brachte den endgültigen Abschied von meinem Vater. Kurioserweise war er nicht so schmerzlich, wie der erste Abschied nach der Trennung von meiner Mutter. Wir hatten nie die Möglichkeit, unser Tochter-Vater-Verhältnis zu vertiefen. Uns aneinander zu reiben, damit ich mich lösen konnte. Dies ist wohl auch der Grund, warum ich mir Ludwig als Ehemann ausgesucht habe. Er verkörperte meinen Vater in vielerlei Hinsicht. Jetzt hatte ich die Chance, mir einzugestehen, dass ich falsch lag mit meiner Partnerwahl.

Ein Blick auf die Uhr mahnte mich zur Eile. Ein Kunde wollte sich mit mir im Stadtpark treffen. Eine willkommene Ablenkung. Der junge Mann wollte in romantischer, herbstlicher Abendstimmung fotografiert werden. Heute schien genau das passende Wetter dafür zu sein. Helle Sonnenstrahlen, spielten mit den farbenprächtigen Blättern. Ich lud meine Ausrüstung aus dem Wagen und schleppte sie zu der Parkbank, an der wir uns verabredet hatten.

Als Stativ und Kamera aufgebaut waren, schoss ich einige Probebilder und warf zwischendurch für Molly ein Stöckchen. Wo nur der Kunde blieb? Die Sonne verlor langsam an Kraft. In einer Stunde wäre sie verschwunden. Ungeduldig schaute ich auf meine Uhr. „Molly, bring mir den Stock." Fröhlich hüpfte sie vor einer Hecke herum und dachte gar nicht daran, mir den Stock zu bringen. Ich lief zu ihr hinüber und schaute unter der Hecke nach. „Was ist da? Was hast du?" Jetzt hörte ich es auch. Das war doch die Melodie. Die Tonfolge, die Jophiel ankündigte. Oh nein, jetzt würde bestimmt mein Kunde aufkreuzen. Was mache ich dann mit Jophiel?

Die Zeit verging, aber meine Verabredung kam nicht. Plötzlich spazierte, an seiner Stelle, Jophiel lustig auf mich zu. „Na prima! Was tust du hier? Ich habe jetzt keine Zeit. Gleich wird ein Kunde kommen." „Ich freue mich auch, dich zu sehen, Mareike. Heißt deine Verabredung zufällig Jonas Schwarz?" Verdutzt schaute ich ihn an. „Woher....", Jophiel ließ mich nicht ausreden, reichte mir grinsend, aber förmlich seine Hand, nahm seinen eleganten Hut vom Kopf, machte eine leichte Verbeugung und meinte: „Darf ich mich vorstellen, gnädige Frau. Jonas Schwarz. Ich stehe zu Ihren Diensten." Während er sich aufrichtete und mir in die Augen sah, konnte ich mir, trotz meines Unmutes, ein Lächeln nicht verkneifen. „Mensch, Jophiel, ich kann jeden Auftrag gebrauchen und nun?" „Sei nicht enttäuscht, meine Liebe, ich habe etwas mit dir vor." Er lachte.

„Ich möchte für eine Stunde du sein." Mir fiel es schwer, zu verstehen, was er meinte. „Wie jetzt? Du willst fotografieren?" Jophiel band seine Haare zu einem Zopf zusammen und setzte den Hut wieder auf. „Genau. Traust du mir das nicht zu?" „Doch schon, aber …?" „Kein, aber. Bitte stell dich dort hinten zu der Bank und sei ganz locker." „Du willst Fotos von mir machen?" Ungläubig schaute ich ihn an. „Ja, möchte ich. Komm tu mir den Gefallen." Ich protestierte. „Und wenn ich nicht will? Ich hasse es, fotografiert zu werden, außerdem könnte mich jemand beobachten." „Keine Wiederrede bitte, dafür habe ich gesorgt. Wir sind für eine Stunde ungestört. Wann hast du dich das letzte Mal so richtig angeschaut? Ich meine damit nicht, was du sehen willst. Wir machen diese Stunde zu einer unvergesslichen." Irritiert stapfte ich zur Bank.

Jophiel war zufrieden. „Halb so schlimm", rief er. „Jetzt, dreh dich zu mir um, ja? Lächle, spiele mit dem Hund, setz dich auf die Rücklehne der Bank oder tanze um den Baum. Alles ist gut."

Tatsächlich verlor ich nach den ersten Minuten meine Scham. Mir gefiel auf unerklärliche Weise, was Jophiel mit mir machte. Wie im Rausch tanzte ich beschwörend, dem letzten Mohikaner gleich, um den Baum herum. Molly stimmte in meinen Reigen ein. Die Sonne färbte sich dunkelorange und erhellte mein Gesicht mit ihrem lieblichen Licht. Ich vergass alles um mich herum, sogar, dass Jophiel mit der Kamera wenige Meter entfernt von mir zugange war. Engelsgleich schwebte ich unter den herabfallenden Blättern hindurch. Nachdem die Sonne sich endgültig verabschiedet hatte, begann ich zu frieren.

„Sind wir fertig?" „Jo, alles im Kasten. Du warst sehr erfrischend. Ich habe dich selten so ausgelassen und anmutig gesehen." Konzentriert baute er die Kamera vom Stativ ab und packte die Geräte in meinen Koffer. „Du hast auch schon besser gelogen", zog ich ihn auf. „Das ist keine Lüge, du wirst sehen." „So? Ich kann mir also die Bilder zu Hause anschauen?" Jophiel schürzte die Lippen. „Das geht leider nicht. Du wirst nichts auf deiner Speicherkarte finden. Aber du wirst sie schon noch sehen." Fragend schaute ich ihn an. „Versprochen?" „Versprochen."

Er nahm meine Hand. „Möchtest du reden? Wie geht es dir?" „Nein, möchte ich heute nicht. Ich habe mich gerade richtig frei gefühlt und will dieses Gefühl nicht mit meinen Sorgen zerstören. Wenn wir reden, muss ich wieder so viel nachdenken." Jophiel nickte. Schweigend trug er mir die Fotoausrüstung zum Auto. Dafür liebte ich ihn. Er akzeptierte einfach jede meiner Entscheidungen. Ich ließ Molly in den Wagen einsteigen. „Fährst du mir?" „Nein, ich muss noch weiter", sagte er. Ich warf ihm noch einen Handkuss zu und fuhr los.

Auf dem Weg nach Hause fragte ich mich immer wieder, was diese Aktion zu bedeuten hatte.

Zuhause turnte Jette genervt am Kühlschrank herum. „Da ist ja nichts mehr drin. Ich hab so einen Hunger." Sanft schob ich sie zur Seite, um eine Blick in den Schrank der Schränke zu werfen. Von oben bis unten war er gefüllt mit allem, was der Magen begehrte. Ich schaute meine Tochter schmunzelnd an. „So, nichts mehr drin, ja?" Beleidigt stierte sie den Inhalt an. „Ja schau doch, nichts worauf ich Lust habe." Genüsslich schob ich mir ein Stück Salami in den Mund und witzelte: „Du armes Ding, wirst noch verhungern." Darauf erntete ich ein zickiges: „Blablabla" und die Unterhaltung war beendet.

Mich amüsierten die zickigen, gespielt entrüsteten Äußerungen meiner Töchter, wenn ich sie provozierte. Wir neckten uns häufig und mussten anschließend meist darüber lachen. Sie waren einfach zum knuddeln, die Beiden. In solchen Momenten war meine Fröhlichkeit, meine Lust am Leben hell wach. Diese Art von Humor war Ludwig leider fern.

Um meine müden Glieder und meinen Geist zu entspannen, ließ ich mir ein warmes Bad mit duftenden Ölen ein. Die Kerzen flackerten neben der Wanne und beleuchteten die Lektüre die ich mitgenommen hatte.

Unverhofft kommt oft

Sarah, eine gute Bekannte von dir, die auf dem Jugendamt tätig war, rief dich eines Abends an. Sie berichtete dir von zwei kleinen Mädchen, die vor zwei Tagen ihrer Mutter entzogen wurden. Die Mutter der drei- und vierjährigen Kinder könne sie wegen unkontrollierten Alkoholmissbrauchs nicht mehr versorgen.

Nun warteten die Kleinen im Kinderheim auf eine passende Pflegestelle. Es wäre schwierig, jemanden Kompetenten auf die Schnelle zu finden, der zugleich beide Mädchen nehmen würde. Auf keinen Fall sollten die zwei getrennt werden.

„Mareike, ich dachte an dich", sagte Sarah aufgeregt. „Du müsstest nur einen Kurs an zwei Wochenenden belegen und eine Prüfung absolvieren, um als staatliche Pflegestelle in Frage zu kommen."

Tausend Gedanken schossen durch deinen Kopf. Die Option, fremde Kinder bei dir aufzunehmen, kam dir bislang nicht in den Sinn. Du bräuchtest ein wenig Zeit, sagtest du ihr, um dir darüber klar zu werden und auch, um mit

Ludwig zu sprechen. Sowas musste man schließlich bis ins Detail überdenken.

Zu deiner großen Überraschung fand dein Mann gefallen an der Vorstellung Familienvater zu werden. Er machte sogar den Vorschlag, für das erste Jahr den Innendienst zu übernehmen und nur ab und zu Kunden innerhalb Deutschlands zu besuchen.

Trotzdem warst du dir nicht sicher. Was, wenn die Kinder dich nicht mochten oder wenn du sie nicht? Es ging hier nicht um eine Sache, die man beliebig hin und her schieben konnte. Die kleinen, wahrscheinlich traumatisierten Kinder bräuchten Geborgenheit, um sich sicher zu fühlen. Nächte wurden zum Tag gemacht und jede Eventualität durchdacht.

„Und wenn ich sie so sehr lieben würde und trotzdem wieder hergeben muss? Sahra hat gesagt, dass die Mutter der beiden sie auf keinen Fall zur Adoption freigeben würde", fragtest du dich selber.

Die langen Spaziergänge mit deinem Hund Sam taten dir gut. Der Entschluss, diese Kinder zu euch zu holen, festigte sich mehr und mehr. Alles in dir war bereit die Herausforderung anzunehmen.

Die Probleme mit Ludwig rückten in den Hintergrund. Pünktlich, wie versprochen, teiltest du Sarah die freudige Nachricht mit: „Ich werde den Kurs machen, dann steht den Kindern der Weg zu uns offen. Allerdings wollen Ludwig und ich sie vorher treffen. Geht das?"

Während der einstündigen Fahrt dorthin musstest du dreimal zur Toilette. Dein Herz schlug dir bis zum Hals, als du mit Ludwig das Kinderheim betreten hattest.

Ihr wurdet in einen Spielraum geführt und solltet dort warten. Zehn Minuten später kam die freundliche, kleine, etwas korpulente Frau mittleren Alters mit zwei Kindern an der Hand zu euch herein.

„So Ella und Jette, das sind Mareike und Ludwig. Die Beiden möchten euch gerne kennenlernen."

Mit blassen, zierlichen, von Traurigkeit gezeichneten Gesichtern standen die Mädchen euch schüchtern gegenüber.

Es fiel dir schwer, diesen Kloß in deinem Hals herunterzuwürgen, um nicht in Tränen auszubrechen. Ella, die ältere der Beiden nahm ihre kleine Schwester an die Hand. Lange, dunkelbraune Zöpfe fielen über ihre Schultern und ließen das schmale Gesichtchen sehr ernst wirken. Die rehbraunen Augen ängstlich aufgerissen, umklammerte sie ihren Kuschelbär mit der freien Hand.

Jette wippten lustige, kinnlange braune Locken um den rundlichen Kopf. Auf ihrer kleinen Stupsnase tummelten sich Sommersprossen. Auch ihre großen, braunen Augen verrieten den Kummer, den die beide durchlitten hatten.

Du knietest dich auf den Boden, um mit ihnen auf Augenhöhe zu sein. Deine Hände zitterten. Dir wurde kalt und heiß zugleich. Beherzt holtest du einmal tief Luft. „Hallo ihr beiden, ich bin Mareike und freue mich euch zu sehen. Du hast aber einen süßen Teddy, Ella, darf ich den mal genauer anschauen? Ich hatte früher auch so einen."

Zaghaft kam Ella auf dich zu, wagte ein schüchternes Lächeln und reichte dir stolz den Bären. Ludwig hockte sich ebenfalls nieder und sprach Jette an. „Na du kleine Maus, ich bin Ludwig. Sollen wir zwei etwas Schönes malen?"

Das Eis war gebrochen. Die Mädchen spielten mit euch. Sie erzählten von ihrer Mama und das sie bald wieder Nachhause gehen würden. Sie saßen auf deinem Schoß und es nistete sich ein völlig neues und doch vertrautes Gefühl bei dir ein. Dein Herz jubelte beim Einatmen des lieblichen Duftes der Kinder.
Auf den ersten Kilometern der Heimfahrt sprach keiner von euch ein Wort. Zu groß waren die Eindrücke, zu intensiv das Gefühl der Verbundenheit mit diesen kleinen Mädchen. Trotz der Stille fühltest du dich so nahe bei deinem Mann wie ewig nicht mehr. Du nahmst seine Hand und küsstest sie sanft. „Ich glaube, wir tun das Richtige" sagtest du zu ihm und Ludwig nickte zustimmend.
Ihr hattet die Mädchen noch einige Male besucht, bevor sie bei euch endgültig ein neues Zuhause finden sollten.

Meine Glieder schlotterten, Gänsehaut übersäte meinen Körper. Erst jetzt bemerkte ich, dass ich immer noch in dem längst erkalteten Badewasser lag. Fast hätte ich mich aufgelöst, so verschrumpelt fühlte sich meine Haut an. Während des Abtrocknens musste ich über mich selber lachen, zog den Bademantel über und brühte mir in der Küche eine Tasse Tee auf. Geistesabwesend lehnte ich am Küchenschrank und schlürfte mein wärmendes Getränk. Mir kam die Anfangszeit mit Ella und Jette in den Sinn.

Ludwig hielt Wort. Er arbeitete tatsächlich im Innendienst. Jeden Abend drehte sich pünktlich um siebzehn Uhr der Schlüssel im Haustürschloss. Das erste Jahr als Familie glich einem liebevollen Chaos. Die Mädchen brauchten viel Zuwendung. Nacht für Nacht weinten sie sich in den Schlaf. Ich nahm Ella und Jette mit in unser Bett und blieb so lange bei ihnen liegen, bis die bösen Vorfälle der Vergangenheit und die Angst verlassen zu werden, einer Welt der sanften Träume wich.

Nach einigen Wochen gelang es den beiden bei offener Türe, ausgerüstet mit leuchtenden Sternen und kleinen Nachtlichtern, in ihrem Zimmer zu schlafen. Die Schrecken wurden zusehends von ihrer kindlichen Neugierde abgelöst. Jeden Tag fassten sie ein wenig mehr Vertrauen zu uns. Ludwig spielte viel mit ihnen, machte Unfug und unsere Wohnung wurde erfüllt von lautem Kinderlachen. An den Wochenenden besuchten wir Freunde. Endlich gehörten wir dazu und waren in der Lage kompetente Beiträge zu liefern. Wir gingen in den Tierpark oder bummelten durch die Stadt und es machte mich stolz, als Mutter dieser süßen Mädels erkannt zu werden.

Bei der Alltagsorganisation haperte es allerdings noch erheblich. So geschah es beispielsweise, dass ich vor Aufregung mit dem falschen Mädchen zur Untersuchung beim Kinderarzt erschien. Die Richtige, dass arme Geschöpf, saß mit Halsschmerzen und Fieber bei meinem Mann daheim. Stotternd, mit hochrotem Kopf erklärte ich dem Kinderarzt das peinliche Versehen. Er brach in schallendes Gelächter aus. Ich schnappte Ellas Hand, versprach mit dem kranken Kind wiederzukommen und eilte, mit gesenktem Haupte durch die Praxis. Ängstlich blickte Ella mich an. „Bist du böse, Mareike?" „Nein mein Liebes, nur ein kleines bisschen, na sagen wir mal, verrückt?" Ich schaute sie fürsorglich an, streichelte ihre Wange und lachte. „Ich habe euch so lieb und bringe vor lauter Freude darüber alles durcheinander." Wie erwartet kringelte sich Ludwig vor Vergnügen. Unzählige solcher kleinen Anekdoten ereigneten sich, bis ich die Prüfung zur vollwertigen Mutter bestanden hatte. Angefangen bei Frühstücksdosen, die ich ohne Vesper in die Rücksäcke packte, Schuhe die ich verwechselte, bis hin zu Socken, die ich zu klein gekauft hatte oder Termine beim Zahnarzt und Friseur, die ich vergass.

Einmal vergass ich sogar Jette im Einkaufswagen. Sie saß hinten in dem Korb der für die Lebensmittel gedacht war zusammengekauert wie ein kleines Tier und schlief. Ich schob den Wagen zu meinem Auto und lud die Einkäufe ein. Eine junge Frau kam vorbei, drückte mir einen Euro in die Hand und meinte, sie nähme die Karre gleich mit. Man war ja immer froh, dieses Ding nicht selbst entsorgen zu müssen. Ich stieg also ins Auto. Als ich mich umdrehte, um rückwärts auszuparken, erblickte ich Jettes leeren

Kindersitz. „Ach du heiliger Strohsack", schrie ich und sprang hektisch aus dem Auto. Voller Panik rannte ich über den Parkplatz. Wenige Meter vor mir kam mir die junge Frau mit Jette auf dem Arm entgegen. Beide grinsten. „Die entzückende Kleine gehört wohl Ihnen. Sie hat wirklich einen guten Schlaf. Hab sie erst an der Eingangstüre bemerkt. Schau, da ist deine Mama", sie kitzelte Jettes Bauch und übergab mir mein Kind. Erleichtert lächelte ich zurück und drückte Jette glücklich an mich.

Wenn die Mädchen nicht gerade im Kindergarten waren, plapperten sie mir unentwegt die Ohren voll. Jette düste wie ein wild gewordener Handfeger mit Sam, der sich übrigens schnell an den Umtrieb gewöhnt hatte, durch die Wohnung und stellte allerlei Unfug an. Die große Schwester Ella dagegen liebte ihre Bilderbücher. Sie hockte stundenlang mitten in ihrer niederschmetternden Unordnung auf dem Boden und träumte. Wir wuchsen immer mehr zusammen.

Nach dem ersten ereignisreichen Jahr konnte ich mir ein Leben ohne die Kinder nicht mehr vorstellen. Sie wurden ein Teil von mir, ihr Schmerz war mein Schmerz, ihre Freude auch meine. Wir kauften ein Häuschen mit Garten in einem Vorort der Stadt. Alles schien perfekt. Oder machte ich mir wieder etwas vor? Meine Beruf als Fotografin hängte ich, wenn auch nur vorläufig, an den Nagel und widmete mich voll und ganz den Kindern.

Aus dem oberen Stockwerk hörte ich leise Jophiels Erkennungsmelodie. Schnell tauschte ich im Badezimmer den Bademantel gegen einen Pyjama, löschte das Licht und lief in mein Zimmer. Dort saß er auf meinem Bett und lächelte. „Störe ich?" „Wenn du mir ein bisschen Platz machst und ein Stück von der Decke abgibst, dann nicht." Gehorsam rutschte Jophiel zur Seite und reichte mir meine Decke. Heute trug er ein weißes Hemd. Er wirkte mystischer auf mich, als in der normalen Straßenkleidung, aber eigentlich spielte es keine Rolle, wie er sich kleidete. Ich liebte ihn wie einen Freund, eine Mutter, einen Vater, ... einen Mann? „Wie geht es dir? Hast du das Gefühl, dass du verstehst? Hast du dich schon ein wenig mehr entdeckt?" fragte er wie immer sehr direkt. „Danke, mir geht's gut. Die Geschichte mit Ella und Jette macht mich glücklich. Es ist wichtig zu sehen, wie begeisterungsfähig und eigenständig ich sein konnte. Ich liebe die Kinder so sehr. Sie waren mein Halt, meine Zuversicht."

Er nahm meine Hand und küsste sie. „Ich verstehe. Aber diese Kinder sind dir nur geliehen, vergiss das nicht. Sie werden sich freimachen und du musst es auch. Fange an dem Leben und der Zukunft zu vertrauen." Ich begriff, dass er meine Ängste meinte. „Schon klar, aber es ist so schwer. In all den Jahren gab es keine Grenze zwischen ihnen und mir. Ich muss erst wieder lernen, dass ich nicht nur durch sie lebe." „Nun gut, fangen wir gleich damit an."

Jophiel nahm ein Kissen und warf es mir ins Gesicht. Kichernd schnappte ich mir ein anderes Kissen. Ich schleuderte es gegen seinen Bauch. „Na warte, du hast es nicht anders gewollt!" Wir alberten noch einen Moment herum und saßen uns später im Schneidersitz verschwitzt gegenüber. Mein Blick fiel ins Leere. „Langsam erfasse ich die Ganzheit. Zum Beispiel glaube ich, dass mein gestörtes Verhältnis zu meinem Vater auch dazu gehört. Zu dieser Schlussfolgerung bin ich gekommen, als ich die traurige Geschichte von seiner Beerdigung gelesen habe. Wegen Vaters ständiger Abwesenheit, erst beruflich und später nach der Trennung, erfand ich ein Phantasiebild von ihm und neigte zwangsläufig dazu, mich in eine Führungspersönlichkeit zu verlieben. Vielleicht verliebte ich mich deshalb in Ludwig. Mit ihm habe ich wiederum einen abwesenden Mann gewählt. Für ihn bin ich eher eine Geliebte als eine Partnerin. Und Ludwig kann nicht einmal etwas dafür. Meine Wahl fiel schließlich auf ihn. Sicher geschah es unbewusst, also kann auch ich nichts dafür, aber nichtsdestotrotz kämpfen wir heute mit den Folgen."

Jophiel seufzte tief. „Findet und erkennt erst euch selbst, bevor ihr eine Partnerschaft eingeht. Ich weiß, dass ist leichter gesagt, als getan. Welcher junge Mensch kennt sich schon damit aus? Und genau das ist der Grund, warum ein Treueschwur vor Gott oder vor wem auch immer, bis über den Tod hinaus euch zuweilen das Genick bricht. Wenn man sich nichts mehr zu geben hat, wenn die Entwicklung eines jeden in eine andere Richtung geht und die Liebe nicht mehr zu spüren ist, sollte jeder die Freiheit besitzen, ohne Wertung, seines Weges zu gehen. Pflicht und Schuld werden euch durch diesen Schwur auferlegt. Die Jahre einer Beziehung sind ein geistiges Experiment, bei dem die Partner sich entweder aufeinander zubewegen oder sich voneinander entfernen. Niemand darf sich anmaßen, eine gescheiterte Ehe zu verurteilen, am wenigstens die Betroffenen selber. Bleibt dankbar für das, was ihr von dem anderen über euch lernen durftet. Nichts ist vergebens, alles hat seinen Sinn." Aufmerksam hörte ich Jophiel zu. Ich mochte seine ruhige, charismatische Stimme. Plötzlich wurde ich sehr müde. Meine Augen wurden schwer. Ich konzentrierte mich nicht mehr. „Genug. Gib mir bitte Zeit, um über deine Worte nachzudenken." Ich kuschelte mich in meine Decke und Jophiel verließ leise mein Zimmer.

Der nächste freie Vormittag galt einer neuen Lebensstation. Ein Blick aus dem Fenster verriet, dass keine Blätter mehr an den Bäumen hingen. Der erste Raureif bedeckte die Äste mit weißen Glitzersternchen. Zu dumm, ich hatte den Sommer verpasst und nun auch noch den Herbst. Irgendwie fühlte ich mich zeitlos, seit Jophiel mir begegnet war. In meinem Herzen spürte ich jedoch, dass meine Momente kommen, dass mir ein Blick auf die Dinge in einem glänzenden Licht gewährt werden würde. Ich kam mir selber unaufhaltsam näher. Meine Beziehung zu mir war nicht mehr flüchtig oder willkürlich, sondern achtsam und integer. Alles in allem ging ich bewusster mit mir und anderen um und bekam somit Antworten auf manche Fragen, die früher unbeantwortet blieben. Mein

Weg mit Jophiel glich einer Entdeckungsreise die mich aus der Einbahnstraße hinaus führte.

Die Mutter meiner Kinder

Sarah rief an und erkundigte sich nach den Mädchen. Du dachtest dir nichts dabei. Auf einmal wurde sie konkret: „Es tut mir leid, aber ich muss dir mitteilen, dass die Mutter der beiden …." Dir stockte der Atem. Mit beiden Händen hattest du den Telefonhörer umklammert. Tränen schossen in deine Augen und deine Stimme bebte, als du Sarah unterbrochen hattest: „Du willst jetzt aber nicht sagen, dass sie die Kinder wiederhaben möchte?" Mit dem Rücken an die Wand gelehnt versuchtest du die Fassung zu bewahren. „Nein, beruhige dich bitte! Sie möchte dich nur kennenlernen. Du weißt, sie hat das Recht, ihre Töchter zu sehen. Es geht ihr immer noch ziemlich schlecht. Sie will lediglich die neue Mutter ihrer Kinder sprechen. Ich gebe dir ihre Nummer und du rufst sie an, ja?"
Ein Felsbrocken ungeahnter Größe fiel dir vom Herzen. Nur langsam bewegtest du dich aus der Schockstarre heraus und versprachst Kontakt zu dieser Frau aufzunehmen. Sarah bot dir ihre Begleitung an, solltest du es dir alleine nicht zutrauen. Einige Minuten später verriet das mono-

tone Tuten des Telefons, dass deine Gesprächspartnerin bereits längst aufgelegt hatte, obwohl du den Hörer noch an deinem Ohr hattest.

Zwei Jahre waren vergangen und du hattest dich nie bei dieser Frau gemeldet. Nachdenklich hieltest du den Zettel mit den kaum lesbaren Hyroglyphen in der Hand. Deine Finger wollten dir beim Schreiben des Namens und der Telefonnummer nicht recht gehorchen.

Wer mag diese Annabell Schubert sein, die ihre Kinder in die Obhut fremder Menschen gab. Ella und Jette sprachen euch mittlerweile mit Mama und Papa an. Sie hatten es selbst entschieden, weil alle ihre Freundinnen Mamas und Papas hatten.

Das gepflegte Mehrfamilienhaus, in dem Annabell Schubert wohnte, überraschte dich. Du hattest eher mit einer schäbigen Absteige gerechnet. Mit zitterndem Finger drücktest du den Klingelknopf. Ihre Wohnung lag im dritten Stock rechts. Sie wartete bereits in der offenen Türe und bat dich freundlich herein. Du warst beeindruckt von der gemütlich eingerichteten Wohnung, den überwältigenden Aquarellen an den Wänden und dem leichten Duft von

Vanille. Eine Kerze brannte auf dem runden Esstisch aus hellem Kiefernholz, der mit Kaffeegeschirr eingedeckt war. Annabell trug eine Jeanshose, ein modernes Sweatshirt und hatte die dunklen, langen Haare zu einem Pferdeschwanz gebunden. Aus ihren traurigen, braunen Augen schauten dich Ella und Jette an. Dir wurde schwer ums Herz. Zum einen, weil sie die leibliche Mutter der beiden war, zum anderen, weil nicht du es warst, bei der die Kinder Parallelen entdecken werden. „Sie haben es aber nett hier. Die Bilder gefallen mir, haben Sie die gemalt?" Die junge Frau nickte stumm. Du wundertest dich über dein oberflächliches Geplapper, immerhin wusstet ihr beide, dass diese Situation euch einiges abverlangen würde. Es ärgerte dich, wie so oft, wenn du deine Worte überdacht hattest.

Sie bat dich Platz zu nehmen, schenkte dir mit unsicherer Hand Kaffee ein und begann zu erzählen. „Ich bekam Ella mit achtzehn Jahren, bei Jette war ich neunzehn. Der Vater der beiden machte sich gleich nach Jettes Geburt aus dem Staub. Er sei nicht für Familie schaffen, sagte er." Damit du dir eine Vorstellung von dem jungen Mann machen konntest, holte Annabell ein Foto aus dem Wohnzimmerschrank und zeigte es dir. Mein Gott waren die beiden jung gewesen. In Gedanken fingst du an zu rechnen. Ella war nun sechs Jahre alt, dem zur Folge musste Annabell gerade einmal vierundzwanzig Jahre alt sein. Der Vater der Kinder sah auf dem Foto nicht viel älter aus. Die junge Frau redete weiter: „Ich habe mein Kunststudium abgebrochen und bei einem Discounter an der Kasse gearbeitet. Wir brauchten das Geld, denn Josch wollte unbedingt Betriebswirtschaft studieren. Unsere Eltern meinten, dass wir da selber durchmüssen. Ella ist uns passiert, aber Jette eigentlich auch. Der Arzt versicherte mir, solange Ella an der Brust trinkt, könne ich nicht schwanger werden." Sie schaute beschämt auf ihre Finger. „Dumm gelaufen."

Aus ihr sprachen Wut, Enttäuschung und Hoffnungslosigkeit. Wie gezeichnet von Sorgen ihr zartes, liebliches Gesicht wirkte. Dir wurde übel. Es war nicht einfach, sachlich zu bleiben.

„Das war bestimmt nicht leicht, so ohne jegliche Unterstützung." „Nein, war es nicht. Und nachdem Josch sein Studium abgebrochen und mich im Stich gelassen hatte,

fing ich an zu trinken. Ich hielt den Schmerz, die Einsamkeit, vor allem die Angst vor der Zukunft nicht mehr aus. Anfangs nahmen meine Eltern die Kinder zu sich, aber sie machten mir sehr schnell klar, dass ich auf ihre Hilfe nicht lange zählen konnte. Was blieb mir übrig? Mein Gewissen brachte mich schier um. Ich konnte die Kleinen nicht mehr versorgen und meldete mich schweren Herzens beim Jugendamt. Ich bat sie meine Kinder zu holen, um Schlimmeres zu vermeiden." Annabell fing an zu weinen. „Verstehst du, ich habe sie freiwillig hergegeben meine Babys, weil das Leben mich völlig überforderte." Heftige Schluchzer schüttelten ihren Körper.

Du warst aufgestanden, gingst um den Tisch herum und nahmst Annabell in deine Arme. Ihr Atem roch nach einem Gemisch aus Alkohol und Kaugummi. Um nicht von deiner eigenen Traurigkeit überflutet zu werden, kramtest du in deiner Tasche und gabst ihr zwei aktuelle Bilder von den Mädchen. Auf einem der Fotos tobten sie im Garten mit Sam herum.

„Schau, das sind die Beiden. Es geht ihnen gut. Möchtest du sie vielleicht treffen? Ich darf doch „du" sagen?" „Ja

klar, ich heiße Annabell." Sie schnäuzte ihre Nase und betrachtete die Fotos. „Mal ehrlich Mareike, fragen sie noch nach mir?" Diese Frage hattest du befürchtet. Betreten senktest du den Kopf. „Nein, eigentlich nicht. Ich denke, sie haben vieles von früher vergessen. Bitte sei nicht traurig Annabell, aber sie sagen Mama zu mir."

Jetzt war es raus und du wagtest es nicht, ihr ins Gesicht zu blicken. Ein Gefühl von Schuld überkam dich. Zu deiner Verwunderung antwortete Annabell: „Das ist gut, das ist richtig gut. Genau das habe ich mir für meine Mädchen gewünscht. Sie sollen mich vergessen. Aus diesem Grund möchte ich sie auch nicht mehr sehen. Was denkst du, wie oft kann eine Mutter und wie oft kann ein Kind den Trennungsschmerz verkraften?"

Ich musste ihr zustimmen. Annabell sah so schwach aus und war doch unglaublich stark. Sie stellte das Wohl der Kinder über ihre Sehnsucht, ihren Schmerz.

„Weißt du, ich wäre ein dummer Egoist wenn ich das meinen Kindern antun würde. Sie dürfen ja wissen, dass es mich gibt. Du kannst ihnen von mir erzählen oder Fotos *zeigen, aber ich schaffe es nicht sie zu sehen, sie zu umarmen, um sie dann wieder loszulassen. Vielleicht bin ich in ein paar Jahren dazu bereit, wenn die beiden älter geworden sind."*

Ihr wart so verblieben, dass du Annabell regelmäßig Fotos und Berichte über die Entwicklung ihrer Kinder zuschickst. Sie gab dir einige Bilder von sich und eines von Josch mit. In einem Brief, einer Art Lebenslauf, den du mit Ella und Jette lesen könntest, wenn sie nach ihrer leiblichen Mutter fragen, hatte sie alles Wichtige über sich verfasst. Beim Abschied an der Türe hattet ihr euch umarmt. Annabell wisperte ein leises, „Dankeschön", in dein Ohr.

Außerstande, an diesem Tag und nach diesem Kapitel meinen normalen Aufgaben gerecht zu werden, flüchtete ich mit Molly in die Weinberge eines Nachbarortes. Ich wollte auf andere Gedanken kommen, oder auch zur Abwechslung einmal auf gar keine Gedanken.

Es war ungemütlich kalt, obwohl die Sonne schien. Das unschöne Telefonat von damals mit Ludwig ging mir durch den Kopf. Völlig aufgelöst berichtete ich ihm über Annabells tragisches Schicksal. Mit seiner überaus feinfühligen Art antwortete er nur, ich solle nicht so dramatisieren, es sei schließlich nur ein erstes Treffen gewesen. Man könnte schlussendlich nie wissen, ob diese Person nicht maßlos übertreiben würde, um Mitleid zu erregen oder womöglich noch Geld zu fordern.

Plötzlich waren all seine Kränkungen, die wohl doch tiefere Verletzungen bei mir hinterlassen hatten als ich es mir eingestehen wollte, wieder da. Seine eiskalte Unterstellung hemmte mich so sehr, dass ich weitere Einzelheiten über Annabell verschwieg. Einmal zu oft hatte ich ihm meine Seele ausgebreitet, mich wie ein offenes Buch präsentiert. Und einmal zu oft schlug er das Buch mit Nachdruck wieder zu, ohne nur eine einzige Zeile darin gelesen zu haben. Er beschwichtigte, korrigierte, unter- oder übertrieb meinen Kummer. Wie gerne wollte ich ihm den Vorschlag machen, Annabell zu uns zu holen, ähnlich wie ein Aupairmädchen, bis sie sich wieder gefangen hätte. Vielleicht hätte sie den Sprung aus der Sucht geschafft? Aber ich traute mich nicht. Ich war feige. Stattdessen reagierte ich auf seine haltlosen Anschuldigungen mit dem üblichen Rückzug. Mutlos und verletzt.

Ludwig brach überdies sehr schnell mit seinem guten Vorsatz, in der Firma kürzer zu treten und übernahm nach genau dreihundertfünfundsechzig Tagen wieder die Hauptrolle im Außendienst. Er bereiste wie eh und je die Welt. Manchmal bekamen wir ihn zwei Wochen nicht zu Gesicht, weil wichtige Kunden in Indien, China oder sonst wo oberste Priorität hatten. Wenn er Zuhause war schlug er verbal um sich, missgönnte mir jede Freude und sprach mir Kompetenz und Disziplin ab. In seiner Gegenwart überfiel mich immer häufiger das alt bekannte Gefühl der Wertlosigkeit. Ich erwischte mich dabei, wie ich ihn mir wieder fortwünschte.

Woher kam nur seine Arroganz und die Skrupellosigkeit mir gegenüber? Grundlos brachte er es fertig zwei Tage lang nicht mit mir zu reden. Ludwig sprach selten aus was er dachte oder was ihn ärgerte. Er nahm mir damit jede Möglichkeit zu reagieren. Mit Bedauern musste ich feststellen, wie verbittert ich über meine eigene Schwäche war und wie abhängig von seinen Launen.

Die Mädchen begrüßten ihn stets stürmisch, weil seine Taschen gefüllt waren mit den neusten Spielsachen aus fernen Ländern. Er scherzte und alberte manchmal mit ihnen herum. Ab und zu las er ihnen eine Gutenachtgeschichte vor. Wenn ich aber hoffte, auch ein bisschen seiner Freundlichkeit abzubekommen, fühlte sich seine Ignoranz wie ein Schlag in die Magengrube an. Von einer Minute auf die nächste konnte Ludwig ein anderer Mensch sein.

„Wir sollten reden, Ludwig. Was ist los mit dir? Hab ich dir irgendetwas getan?" Er blickte mich nicht einmal an. „Lass mich einfach in Ruhe. Du redest zu viel, du denkst zu viel, du fühlst zu viel und schlussendlich bildest du dir ein, alles zu wissen. Und dann dein

Chaos. Ist mir schleierhaft wie du ohne mich zurechtkommst. Seit die Kinder da sind bist du eine intellektuelle Glucke geworden. Schau dich doch an, im Trainingsanzug, die Haare nicht gerichtet, immer müde, immer in Sorge. Und wo bleibe ich? Wie lange hatten wir keinen Sex mehr? Gehört das nicht auch zu den ehelichen Pflichten einer Frau?" Ich reagierte zutiefst schockiert.

Aber da war noch ein Gefühl, das ich bis dahin nicht kannte. Eifersucht! Eifersüchtig auf all die jungen, schönen Frauen, die mit an seinem Verhandlungstisch saßen, ihren roten Lippenstift nachzogen und die weiße Bluse immer ein bisschen weiter aufknöpften als nötig. Eifersüchtig auf seine Freiheit, die er sich einfach nahm, ohne Rücksicht auf Verluste. Ich setzte mich zur Wehr: „Das ist nicht fair. Zeig mir eine Frau, die in einem schicken Kostüm und geschminkt ihre Wohnung putzt. Außerdem sind mir diese Äußerlichkeiten nie wichtig gewesen, wie du genau weißt. Wenn das dein einziges Problem ist, tut es mir leid für dich. Vergiss nicht, dass ich alles hier alleine schmeißen muss und du nur nach Hause kommst, um die Bequemlichkeiten zu genießen."

Ludwigs Augen schauten mich bedrohlich an, während er sich vor mir aufbäumte und schrie: „Bequemlichkeiten, ja? Wer schafft denn das Geld nach Hause und wer gibt es mit vollen Händen wieder aus? Mach mal deine Augen zu damit du weißt was dir gehört. Dein Platz ist am Herd und in meinem Bett und meiner im Büro. So sieht es nämlich aus." Meine Schultern sackten resigniert nach vorne. Er hatte nichts begriffen. Nicht was mir fehlte, nicht was den Kindern fehlte und auch nicht, dass ich den Mädchen Vater und Mutter zu gleich sein musste. Was wusste er schon von der Verantwortung die ich hier alleine trug. Woher sollte er wissen, wie teuer ein Leben mit Kindern war? War ihm eigentlich klar was er dort sagte? Von wegen, eheliche Pflichten einer Frau! In welchem Zeitalter lebte dieser Mann? Wer will schon ein Objekt zur Befriedigung des männlichen Triebes sein. Die Vorrausetzungen für eine Liebesnacht ließen schon lange zu wünschen übrig. Mir blieb doch nur der Rückzug aus dem ehelichen Schlafzimmer, um mich nicht gänzlich selber zu verraten. Trotzdem, ohne es mir erklären zu können, fing ich an seinen Worten Glauben zu schenken und suchte die Fehler bei mir.

War ich denn tatsächlich ein Freigeist, eine Träumerin, irrational und viel zu romantisch? Waren meine Auffassungen von Partnerschaft, meine Sehnsüchte zu bizarr? Natürlich stellte ich mein Handeln in Frage, versuchte mich mit seinen Augen zu sehen. Ja, ich redete zu viel, manchmal endlos und mit Nachdruck. Aber tat ich das nicht auch, weil nie eine Reaktion von Ludwig kam? Wenn er sich nicht äußerte und einfach kein Gespräch in Gang kam, verleitet mich sein Schweigen zu der Annahme, er hätte mich nicht verstanden. Folglich wiederholte ich meine Ansichten. Anscheinend provozierte ich ihn damit. Gewiss lag meine Stärke nicht darin, konsequent zu sein und manche Dinge nahm ich zu tragisch, interpretierte sie falsch, bis ich im Anschluss nichts mehr verstand. Doch gaben meine Schwachstellen Ludwig das Recht mich derart zu diskriminieren? Der vertraute Druck den die Traurigkeit in meiner Brust verursachte, entlud sich unzählige Male in einem Meer von Tränen. Wie oft weinte ich mich, nach einem unserer armseligen Gefechte, in den Schlaf. Im Anschluss suhlte ich mich in Selbstmitleid oder bezichtigte mich der Undankbarkeit.

Es ging mir doch gut! Ich hatte zauberhafte Kinder, ich litt keine finanzielle Not und wir waren alle gesund. Wenn Ludwig dann abermals auf Reisen ging, gaukelte ich meiner Seele, wie immer, etwas vor und mahnte mich zur Zufriedenheit. Was nur hatte ich nicht bemerken wollen in all unseren Jahren? Habe ich meine Selbstachtung einer oberflächlichen Sicherheit wegen eingetauscht? Das gewohnte Leid dem Ungewohnten vorgezogen? Immer mehr verschwand meine brennende Leidenschaft für die Dinge. Wie lange ließ ich mir selbsttrügerisch alles gefallen? In jedem seiner wenigen Worte versuchte ich verzweifelt, etwas Liebevolles oder Positives zu finden. Und verbot mir, mit dem Schicksal meiner

Mutter vor Augen, über eine Trennung nachzudenken.

Sam

Als Sam starb und dich eine Lawine der Verzagtheit überschüttete, hatte Ludwig einmal mehr seine Mühe damit, deine Trauer nachzuvollziehen. Für dich und die Kinder kam es nicht in Frage, Sam von einer Abdeckerei abholen zu lassen. Er sollte ein Grab in eurem Garten bekommen. Ihr wolltet ihn bei euch haben, auch wenn es nicht erlaubt war, Haustiere dieser Größenordnung auf dem eigenen Grundstück zu vergraben. „Kein Gesetz der Welt, hält uns davon ab, hört ihr, Kinder?" Die Mädchen schauten dich besorgt an. „Müssen wir jetzt in ein Gefängnis, Mama?" „Nein, Ella", beruhigtest du sie. „Wenn es jemand anzeigt, müssen wir höchstens eine Geldstrafe bezahlen. Aber das wird niemand tun."

Jette zog einen bösen Mund und stapfte mit dem Fuß auf den Boden. „Doch, bestimmt macht der Papa das. Der will nämlich nicht, dass wir Sam hier beerdigen, ich hab`s genau gehört."

Sie fing an zu weinen. Du warst bestürzt über die Gedanken deiner Tochter. Verzeihend hast du dir eingeredet, dass

Ludwig von Anfang an keinen Hund wollte und deswegen wenig Gefühl für die Tragik des Verlustes aufbringen konnte. Aber sein Umgangston und seine kühle Art machten auch vor den Kindern nicht mehr halt. Jette hatte mitbekommen was er zu dir sagte: "So ein übertriebenes Affentheater, das war doch bloss ein Hund."

Ungeachtet seiner Worte zimmerte ein Schreiner eine kleine Holzkiste für Sam. In schweißtreibender Arbeit grubst du ein tiefes Loch unter der Linde in eurem Garten. Getränkt mit euren Tränen hattet ihr den bunt verzierten, winzigen Sarg in die Erde hinabgelassen. Einer kleinen Trauergemeinde gleich, blicktet ihr in das offene Grab.

"Ich werde dich niemals vergessen. Schlaf gut, Sam." Ella legte andächtig ein selbstgemaltes Bild mit einem großen Knochen auf den Sarg. Schluchzend meinte sie: "Damit du nicht hungern musst im Himmel." "Genau", tönte Jettes weinerliche Stimme, die ebenfalls ein Bild in den Händen hielt, auf dem sein Hundekörbchen zu sehen war. "Und damit du ein Bett zum Schlafen und kuscheln hast."

Dir fehlten vor Rührung die Worte. Ihr seid einfach eine Weile an dem Grab gestanden und hattet die Tränen kullern lassen. Aus den Augenwinkeln konntest du deinen Mann kopfschüttelnd hinter der Wohnzimmerscheibe entdecken.

Deine Töchter schlangen ihre Arme rechts und links um deine Beine. Irgendwann musstest du dich behutsam aus ihrem Klammergriff lösen, um mit ihnen gemeinsam die Erde auf die Ruhestätte zu häufen. Ella sang mit Jette noch ein Liedchen für Sam, während du einen Rosenstock pflanztest, der bis in den November hinein weiße Blüten trug.

Jede Bewegung, jeder Gedanke riss an den alten Wunden. Mit zügigen Schritten durchquerten Molly und ich den Tierpark. Immer schneller und schneller, bis mein Kopf endlich frei war. Vorsichtig pirschte ich mich an einen stolzen, imposanten Hirsch heran. Ein kleiner Auftrag für ein Magazin, das über heimische Tierarten berichtete.

Ruth war es, die mich dazu animierte meinen Beruf wieder auszuüben. „Hör mal Mareike, deine Mädchen sind nun alt genug und dir würde es nicht schaden, einmal etwas für dich zu tun. Außerdem bleibst du so in Übung." Ruth hatte nie verstanden, warum ich Ludwig nicht sofort verlasse. Für sie war das Maß der seelischen Schläge schon lange voll. „Du hättest dann selber wieder etwas Geld zur Verfügung und kämst der Unabhängigkeit ein Stückchen näher. Was darf dein Mann noch alles mit dir anstellen? Auch wenn ich deine Wunden nicht sehen kann, sie sind tief und ich habe Angst, dass er deine Willenskraft bricht."

Ella und Jette hatten ihre Grundschulzeit hinter sich. Sie gingen auf weiterführende Schulen. Die Termine mit Jette wurden zum Glück weniger, keine Logopädie und keine Übungsstunden mehr bezüglich ihrer Lese-Rechtschreibschwäche. Nur noch die Fahrten in die Musikschule, zum Turnverein oder zum Kieferorthopäden standen auf dem Wochenplan. Ich musste meiner Schwester Ruth zustimmen. Kurzentschlossen habe ich mein Schild wieder an die Tür gehängt, aus einem der Zimmer im Keller ein notdürftiges Atelier gemacht, die Homepage erneuert und mich bei den Behörden angemeldet.

Der Tierpark wirkte, bis auf das Röhren der Hirsche, verwaist und still. Kein Mensch schien unterwegs zu sein. Ich ließ mich, nachdem der Prachtbursche erfolgreich auf dem Kamerachip gespeichert war, auf einer Schaukel nieder. Leise summte ich die Ankündigungsmelodie Jophiels und staunte nicht schlecht, als er plötzlich auf der Schaukel neben mir saß. „Da hatten wohl zwei das gleiche vor." Wir lächelten.

„Raue Zeiten, meine liebe Mareike, es weht ein kräftiger Wind, nicht wahr?" Mit einem tränenverschleierten Blick schaute ich ihn an, schniefte hemmungslos und schnäuzte laut in mein Taschentuch. „Ich habe es einfach nicht geschafft mich von diesem Mann zu trennen. Immer wenn er merkte wie ernst es mir war, bestach er mich für einige Tage mit seiner gespielten Liebenswürdigkeit und ich glaubte ihm, weil die Hoffnung nun mal zuletzt stirbt. Doch er verkaufte mir nur ein Stück brennende Leidenschaft, ein bisschen bittersüße Liebe und ich zahlte dafür einen verdammt hohen Preis. Ludwig spielte mit meiner Naivität. Er ist ein Geschäftsmann, verstehst du? Es dauerte nie lange, bis er schonungslos und eiskalt einen Riegel vor sein Herz schob, den Spieß umdrehte und mich als die gefühlsbeschränkte Spinnerin beschimpfte. Seine Argumente entsprachen selten der Wahrheit, aber sie machten mich mürbe, bis ich wirkich an meine Inkompetenz glaubte. Psychoterror nennt man so etwas, nicht wahr?"

Mein Atem beruhigte sich. Die eben empfundene Empörung schwenkte um in Resignation. Jophiel stand hinter meiner Schaukel und schubste mich leicht an. „Warum hast du zugelassen, dass Ludwig dich manipuliert? Es gibt sicher Gründe dafür. Sei ehrlich." Ich fühlte mich entlarvt. Jophiel etwas vorzumachen wäre der glatte Selbstbetrug, aus dem ich doch endlich ausbrechen wollte. „Ich gebe zu, mir war klar wenn ich ihn verlasse, kann ich die Kinder niemals adoptieren. Voraussetzung hierfür war, zumindest vor vielen Jahren, eine intakte Ehe und finanzielle Sicherheit. Verdammt, ich trug Verantwortung, ich hatte ein Ziel. Ich hab es mir keineswegs leicht gemacht. Außerdem war es gerade das autonome Handeln, diese Gradlinigkeit und sein Ehrgeiz, die mich in seine Arme getrieben haben."

Jophiel rückte den Hut zurecht, hielt die Schaukel an und stellte sich vor mich hin. „Du kannst niemanden lieben, wenn du dich selber aufgibst. Jeder ist für den anderen ein wunderbarer Funktionsträger geworden." Aufgebracht über seine Worte protestierte ich. „Nein, ich dachte ihn zu lieben und bewunderte all das an ihm, was mir fehlte. Aber er stieß mich immer dann von sich, wenn es ihm zu eng wurde. Er hat mich zu seinem Funktionsträger gemacht, weil er nicht in der Lage ist, sich auf Gefühle einzulassen. Ich bin diejenige, die stets dafür sorgt, dass es den Mädchen an nichts mangelt und ich bin die, die immer wieder auf ihn zugeht, für seine Anliegen Verständnis hat und ihm ein gemachtes Nest präsentiert." Meine Nasenflügel bebten wie bei einem wildgewordenen Stier, und um nicht noch lauter zu brüllen, machte ich eine kurze Pause und atmete tief durch.

Das Gefühl nicht verstanden zu werden, drückte auf mein Herz. „Er führt ein rundum bequemes Leben. Wer kümmerte sich denn um Annabell und spielt seine Schmierenkomödie mit, wenn er sich mit seiner ach so tollen Familie bei diversen Geschäftspartnern profilieren will? Verstehst du denn nicht? Und zum Dank dafür hat er mir das Bankkonto gesperrt, wirft mir jeden Monat abgezähltes Haushaltsgeld auf den Tisch und meint grinsend, dass ich ohne ihn ein Nichts wäre. Nicht einmal die Mutter der beiden Mädchen."

Aufmerksam schaute Jophiel mich an. „Du siehst dich als Opfer und ihn als deinen Peiniger, stimmt`s?" Mit einem Satz sprang ich von der Schaukel, drehte mich zu Jophiel um und blickte ihn gequält an. „Was willst du eigentlich? Natürlich bin ich das Opfer." „Und du spielst diese Rolle gut, Mareike. Warum tust du das? Man ist immer nur solange Opfer, bis man beschließt es nicht mehr sein zu wollen. Wohin hat dich dein tolerantes, entbehrungsreiches Leben gebracht? Bis an den Rand der Erschöpfung? Du bist verletzt, gewiss. Es lastete die Angst auf dir die Kinder zu verlieren. Wobei ich mir vorstellen kann, dass du mit deiner Bekannten vom Jugendamt sicher einen Weg gefunden hättest, Ella und Jette trotz einer Trennung zu behalten. Aber jetzt Mareike? Die Mädchen sind erwachsen. Was steht deiner Selbstbestimmung noch im Wege? Verurteile seine Bedürfnisse nicht, nur weil du sie nicht stillen kannst." Er nahm meinen Arm, hakte sich ein und drückte mir einen beschwichtigenden Kuss auf die Backe.

Wie so oft, wenn er mich berührte, überkam mich eine leichte Benommenheit und Ruhe legte sich auf mein Gemüt. „Lass mich darüber nachdenken, Jophiel. Weißt du, alles ist immer gut solange Ludwigs Launen nicht umschlagen, denn wenn das geschieht wird es unerträglich. Ich fürchte seinen vorwurfsvollen Blick, der mir nicht verrät was ich falsch gemacht habe. Wenn ich versuche mich mit ihm zu versöhnen, tue ich das nicht etwa aus Mitgefühl, sondern weil ich selber totunglücklich über sein gekränktes, unerklärliches Schweigen bin. Mich ekelt dieser Mechanismus der immer gleichen Vorgänge an."

Plötzlich umgab mich eine Schwermut. Jophiel spürte das, ergriff meine Hand und zog mich hinter sich her zur Kinderseilbahn. „Jetzt unterbrechen wir dein unordentliches Leben, deinen Trübsinn für eine kurze Zeit. Komm mit."

Ein kleiner runder Teller, an einem Metallseil befestigt, transportierte normalerweise die jubelnden Kinder von einer Seite zur anderen. „Nein bitte nicht, ich will nicht!" Wie ein bockiges Kind wehrte ich mich, stemmte mich gegen seinen ziehenden Arm und versuchte, Jophiel zum Anhalten zu bewegen. Aber er war stärker. Ich hatte keine Chance. „Komm schon, das wird lustig und macht den Kopf frei."

Er hatte seinen Spaß daran, als wir auf dem Holzgerüst standen und er mich auf den Teller zwang. Molly sprang bellend an der Plattform hoch. Sie schien sich ebenfalls zu freuen. Mit Schwung setzte sich die Seilbahn in Bewegung. Es kribbelte angenehm im Bauch. Ich glaubte zu schweben. Übermütig grölte ich in den verlassenen Wald und lauschte meinem Echo.

Der kalte Wind in meinem Gesicht, das Sausen in den Ohren und die baumelnden Füße ließen mich für einen Augenblick die Ungezwungenheit kosten, die längst vergessen war. Freiheit, nach der ich mich so sehnte und die gleichzeitig solche Angst in mir auslöste. Mit einem heftigen Aufprall schlug der Gummiteller am anderen Ende an. Ich konnte mich nicht halten, fiel herunter und landete auf meinem Po.

„Alles in Ordnung da hinten?" rief Jophiel mir zu. Mir liefen die Tränen vor Lachen. „Ja, alles gut. Hab nur vergessen, mich festzuhalten. Ich will noch mal."
„Du bist verrückt", hörte ich ihn rufen.

Ich wollte mehr von den kleinen Explosionen in meinem Bauch, die all das Geröll, das dort herumlag, zu sprengen schienen und mich leichter machten. Es war himmlisch. Ich konnte gar nicht aufhören. „Komm Mareike, jetzt reicht es aber, du bist schon fünf Mal gefahren." Jophiel ließ sich auf einen Kompromiss ein und wir machten die letzte Fahrt zu zweit. Ich saß verkehrtherum auf seinem Schoß, sodass wir uns in die Augen blicken konnten. Wir kicherten wie Teenager. „Ist das jetzt zu kindisch was wir hier machen?" „Also, ein weiser Mann hat einmal gemeint, werdet wie die Kinder. Dann tun wir das doch. Spaß zu haben miteinander und zu spielen hat keine Altersbeschränkung. Im Gegenteil. Es schafft Vertrauen und eine innige Bindung." Er grinste.

Der Seilbahnfreiheitsrausch hatte mir das Gehirn ordentlich durchgepustet. Meine gute Laune war entfacht. „Lass uns noch eine Runde wippen." Ungeachtet meiner erfrorenen Hände und der Tatsache, dass es noch kälter geworden war, wollte ich dass dieses Vergnügen nicht endete. Am höchsten Punkt auf der Wippe angekommen machte Jophiel sich den Spaß und ließ mich nicht mehr herunter.

Wieder kippte meine Stimmung. Dieses Treffen war eine Achterbahnfahrt der Emotionen. „Weißt du wie ich mich fühle? Wie auf einem Podest. Ludwig hat mich nicht nur erniedrigt, sondern gleichzeitig auf ein Podest gestellt und somit unerreichbar gemacht. So ein Wahnsinn. Er meint, alles was ich sage klingt überheblich. Er könne nichts von mir annehmen, weil er sich bevormundet fühlt. Es ist nicht lustig, da oben zu stehen. Kann ich nicht einfach seine Ergänzung sein? Mein Wissen mit seinem verbinden? Wie bei einer Waage die sich einpendelt wenn auf beiden Seiten gleich viel Gewicht ist?"

Jophiel schaute mich ernst an. „Weißt du, die Erfahrungswelt eines jeden ist anders und einzigartig. Vielleicht hast du etwas von ihm verlangt, wozu er noch nicht bereit ist. Vielleicht wolltest du, dass er genauso fühlt wie du. Das ist aber nicht möglich. Ludwig will und kann keine Bindungen eingehen. Er hat Angst. Ihm fehlt das Vertrauen. Liebe und Zärtlichkeit hat er nie erfahren. Er fühlt sich von dir unter Druck gesetzt und versteht nicht, was du von ihm erwartest."

Eine Welle des Zornes brach über mich herein. „Sag mal, ergreifst du gerade Partei für ihn? Bist du nun für mich oder für ihn?" Jophiel lachte laut auf. „Ich bin für alle, Mareike und jeden. Wisse, dass Ludwigs Türe verschlossen ist. Fange an zu vergeben, aber erwarte nicht, dass er im Gegenzug um Vergebung bittet. Er wird es niemals tun können, weil er sich seiner Fehler nicht bewusst ist. Wie oft hast du dir den Kopf an seiner verriegelten Türe bereits angerannt? Wie lange willst du dich weiter plagen mit deinen Schuldgefühlen und dich zwingen, ihm gegenüber dankbar zu sein? Wärst du wirklich dankbar, so würde sie von Liebe getragen und dir Segen bringen. Tut sie aber nicht.

Warum zum Kuckuck, sollte es undankbar sein, wenn du dich ehrst und deinem Herzen folgst? Fange an zu akzeptieren, was ist und Verantwortung für dich zu tragen. Lass Ludwig ziehen. Wenn ihm etwas an eurer Beziehung liegt, wird er kommen, dich um Verzeihung bitten und bereit sein zu lernen. Wenn er dich gekränkt hat und du in dem schmerzlichen Gefühl verharrst, strafst du dich nur selber. Dein Mann dreht sich um und hat mit Sicherheit im nächsten Moment vergessen, was er dir angetan hat. Du bist es, die das Schwert gegen sich selber richtet. Gib den Verletzungen, die er dir zufügt keine Bedeutung mehr. Wirf den Mantel des Schutzes über dich." „Das ist aber jetzt schwierig. Wie soll ich das denn machen? Ich muss darüber nachdenken."

Jophiel ließ die Wippe langsam herunter, damit ich absteigen konnte. „Aber denk nicht zu viel, sei einfach achtsam." Jophiel verabschiedete sich mit einem Kuss auf meine Wange und ich trottete verunsichert mit Molly zu meinem Auto. Ob ich auf meinen Mann wirklich wie der personifizierte Zeigefinger wirke? Was machte mich so bedrohlich für ihn? Sprach ich ihm ab so zu sein, wie er war? Es strengte an, meine Reaktionen, mein Verhalten von einer anderen Seite zu betrachten. Die Seite, die man sich nicht so gerne anschaut.

Selber Schuld

Es war ein schöner Tag im Mai. Die Sonne schien und alles in der Natur erblühte. Deine Töchter Jette und Ella fuhren für zwei Tage mit einer Gruppe der Musikschule zu einer Holzhütte, um von dort aus in die Berge zu wandern. Ella lernte zu der Zeit gerade Klarinette und Jette Saxophon.

Diese zwei Tage gehörten Ludwig und dir. Nur selten ergab sich die Möglichkeit einmal ohne die Kinder etwas zu unternehmen. Auf dem Plan stand ein Stadtbummel mit anschließendem Kinobesuch. Ludwig's Stimmung war gut. Ihr hattet in verschiedenen Geschäften einige Schnäppchen gemacht, gemütlich einen Kaffee getrunken und wart im Anschluss in ein Kino gegangen. Zum Glück zeigten sie eine Komödie und keinen Liebesfilm. Auf der Heimfahrt musstest du über die eine oder andere Filmszene schmunzeln.

„Das Leben kann schon lustig sein. Weißt du noch, als die Kinder aus dem Heim zu uns kamen und mir ein Missgeschick nach dem anderen passierte? Du hast dich kringelig gelacht. Hat dir der Film auch so gut gefallen?" Ludwig

blickte kurz zu dir. An seinem Gesichtsausdruck erkanntest du bereits, dass die gute Laune umgeschlagen war. „Geht so. Gibt bessere. Und damals, das waren keine Missgeschicke, du hast dich einfach nur dumm angestellt als Mutter. Voll peinlich war das", brummte er ohne eine Miene zu verziehen. „Aber der Tag heute war schön, nicht wahr? Sollten wir öfter mal machen. Wir haben viel zu wenig Zeit für uns. Und der Rock, den ich ergattert habe, ist echt spitze. Wollte schon immer so einen blauen Tellerrock haben." Glücklich holtest du das Kleidungsstück aus der Tüte, um es noch einmal anzuschauen. „Hab ja auch ich bezahlt", sagte dein Mann streng und schwieg wieder. „Mensch Ludwig, kannst du dich nicht mal ein wenig freuen? Lach doch mal und schau nicht so verdrießlich", meintest du enttäuscht.

Das hättest du nicht sagen dürfen, gleich holte er zu einem Schlag aus.

„Hab nichts zum Lachen. Du bist ja schon wieder unzufrieden mit mir. Was soll das denn heißen, wir haben zu wenig Zeit für uns? Willst damit sagen ich vernachlässige

dich, wie?" Seine Stimme bebte. Jetzt konntest du nur verlieren, was immer du auch antworten würdest. Gespielt fröhlich versuchtest du zu beschwichtigen: „Nein, ich bin nicht unzufrieden. Ich bin nur fröhlich und würde diese Freude gerne mit dir teilen. Alles gut, reg dich nicht auf." Ludwig fing leicht an zu stottern.

„Du willst immer nur. Du wolltest die Kinder, die sowieso machen was sie wollen, das Haus, den stinkenden Hund und zur Krönung einen Mann der zu allem ja sagt." Er steigerte sich in seine Schwarzmalerei hinein und dir blieb nur noch: ducken, Schnabel halten und ja nicht provozieren. Seine Stimme wurde lauter und bedrohlicher: „Du mit deiner impertinenten Art drückst mir ständig sinnlose Diskussionen auf, nur um mich zu beschneiden. Zu wenig Zeit, ja? Glotz mich ja nicht mit deinem Dackelblick so an."

Nun ließ er seiner Wut freien Lauf und das bedeutete nichts Gutes für dich. „Jetzt mach aber mal einen Punkt. Ich glotze nicht!" rutschte dir nun doch heraus.

Dein Mann hielt den Wagen auf einem Seitenstreifen an, stieg aus, riss die Beifahrertüre auf und zerrte dich aus dem

Auto. „Du bist so eine undankbare Kuh. Früher haben die Frauen ihre Männer noch zu schätzen gewusst. Nimm dir mal ein Beispiel an meiner Mutter."

Er gab dir einen leichten Stoß, so dass du rückwärts die kleine Böschung hinunter gestolpert warst. In dem feuchten Gras bliebst du liegen. Wütend schleuderte er dir deine Handtasche hinterher und, man staune über die Fürsorglichkeit, einen Pullover von sich, der im Auto lag. „Selber schuld. Du kannst nach Hause laufen und darüber nachdenken was du an mir hast." *Wütend hattest du ihn angeschrien:* „Magst du dich eigentlich selber, so wie du gerade bist? Weißt du wie zerbrechlich alles ist? Ludwig, verdammt, bleib hier, du weißt, dass ich Angst in der Dunkelheit habe!"

Er stieg ungeachtet deiner verzweifelten Lage in den Wagen und fuhr ohne sich noch einmal umzudrehen mit Vollgas davon.

Dein rechtes Bein schmerzte und aus dem aufgeschlagenen Ellenbogen quoll das Blut. Heulend kramtest du in der Tasche nach einem Taschentuch und nach deinem Handy. Aber du hattest keinen Empfang. Doch du warst schon froh über einen vollen Akku, um wenigstens Licht zu haben.

Der Pullover hing an dir herunter wie ein Sack. Mit hoch gekrempelten Ärmeln schlepptest du dich die Böschung hoch. Dunkel und endlos lang lag die Landstraße vor dir.

Mein Leben mit Ludwig war gefüllt mit undurchsichtigen Beschuldigungen und Peinigungen. Aus unerfindlichen Gründen umgab ihn zuweilen eine Angriffslust, die jede Schönheit in einem Desaster enden ließ. Er gab immer die gleichen Beschimpfungen von sich. Manchmal in einer anderen Reihenfolge, manchmal fügte er etwas hinzu. Zum Glück gab es solche Vorfälle nur, wenn die Kinder nicht dabei waren.

Ab und zu ließ er mich nicht mehr ins Haus hinein oder er sperrte mich für einige Stunden im Keller ein. Wenn ich die Möglichkeit hatte, flüchtete ich zu Luzia oder Ruth, doch die zeigten mittlerweile kein Verständnis mehr für Ludwigs cholerische Ausraster. Sie pochten auf eine Trennung. „Mareike, ich helfe dir echt gerne, aber du musst dir wirklich überlegen, ob das so weitergehen kann. Soll ich mal mit deinem Mann reden?" fragte Luzia. Natürlich sollte sie das nicht. Es wäre alles noch viel schlimmer gekommen, weil er sich von mir hintergangen gefühlt hätte. Er hatte mich nie geschlagen, trotzdem schmerzten seine verbalen Attacken und die sarkastischen Bemerkungen mehr, als ein ersichtliches blaues Auge.

Es war diese verdammte finanzielle Abhängigkeit in der ich unfreiwillig steckte. Diesen Umstand nutzte Ludwig gnadenlos aus und vergewaltigte meine Seele. Mir fiel es mit jedem Mal schwerer ihm nach einem seiner Wutanfälle wieder näher zu kommen. Wir redeten oft tagelang kein Wort miteinander und versuchten uns aus dem Weg zu gehen. Das Schweigen wurde zur Folter, bis er endlich seinen Koffer packte und auf Geschäftsreisen ging. Ich hätte alles gegeben, um nur ein einziges vernünftiges Gespräch mit ihm zu führen. Wenn ich ihm eine Eheberatung oder einen Kommunikationskurs für Paare verschlug, brauchte ich ein verdammt schnelles Pferd, um aus der Gefahrenzone zu flüchten.

Mein Kopf sank resigniert auf den Schreibtisch. Sehr sanft hörte ich Jophiel's Melodie. Wenige Minuten später klopfte er an meine Zimmertüre. „Ich kann nicht mehr", stöhnte ich leise. „Das glaube ich dir sofort. Waren gewiss keine Glanzleistungen von deinem Mann. So dürfen Menschen nicht mit anderen Menschen umspringen." Jophiel stellte sich hinter mich und massierte meinen Nacken. „Was ist denn los mit Ludwig? Egal was ich tue oder wie ich es anstelle, es ist verkehrt. Ich bin immer eine selbstgefällige Kuh, gefangen in dieser Beziehung. Alleine diese Tatsache ist Erniedrigung genug. Den Kindern blieb die eisige Kälte zwischen uns nicht verborgen.

Die Beleidigungen von ihm richteten sich ab und an gegen die Mädchen. Ich habe viel mit den beiden geredet, ihnen geduldig zugehört und machte einen

Spagat, um das Schlimmste von ihnen fern zu halten. Stell dir vor, er konnte sich nicht für das Musizieren seiner Töchter begeistern. Seine gehässigen Belehrungen, wenn ein Ton schief kam, trafen direkt in die Kinderherzen." Mein Atem ging schneller. Ich schluckte heftig. „Und in meines."

Bestürzt hielt ich meine Hände vor das Gesicht. „Ella und Jette vermieden es mittlerweile in seiner Gegenwart zu üben. Wenn ich Ludwig zurechtwies, wurde er sehr aufbrausend. Er warf mir vor, seine Autorität zu untergraben. Die Mädchen entwickelten zusehends Strategien der Launenhaftigkeit ihres Vaters aus dem Weg zu gehen. Vielmals stimmten sie ihm einfach zu und dachten sich ihren Teil."

Obwohl ich mir vorgenommen hatte nicht zu weinen, rollten die Tränen unter meiner Lesebrille. Mitfühlend schaute Jophiel mich an. „Erinnerst du dich? Ich sagte dir, wer sich selbst nicht lieben kann, kann auch keine Liebe verschenken. Dein Mann findet keinen

Weg zu sich und dafür hasst er sich sehr wahrscheinlich. Er spürt sich nicht und er spürt andere nicht. Das ist eigentlich sehr gefährlich und erklärt sein skrupelloses Benehmen. Spare dir deine Kraft Mareike, für dich und die Kinder. Du kannst nichts für Ludwig tun, ausser ihn stetig daran zu erinnern, dass auch hinter seinen Mauern ein liebendes Herz schlägt." Jophiel nahm meine Hand und führte mich in den dunklen Garten. Heute trug er eine Cargohose, ein rot kariertes Hemd und dicke Schuhe. Dazu natürlich seinen Hut und man hätte denken können, dass er in den Bergen wandern wollte.

„Was machen wir jetzt hier?" fragte ich. „Wir atmen jetzt deine Angst weg. Fange an dir zu vertrauen. Du kannst alles schaffen, wenn du an dich glaubst." Jophiel streckte seine Nase in den Himmel, schloss die Augen und sog die frische Luft tief ein. Mein Blick fiel auf die leuchtenden Sterne. Wie winzig wir in Anbetracht des riesigen Firmaments waren. Ein Hauch von Jophiels Duft wehte um meine Nase. Ich machte die Augen zu und atmete ruhig. „Warum muss ich mir ausgerechnet die schlimmsten Stationen meines Lebens anschauen?" Er nahm meine Hand. „Weil du genau aus diesen Situationen erspüren kannst wer du bist und was du möchtest. Du hast bereits einige male beim Lesen deiner Geschichte erkannt, wie wichtig dir Ausgelassenheit und das lebhafte Miteinander sind. Der heitere, lebenslustige Umgang mit deinen Mädchen entspricht deinem eigentlichen Naturell. Nicht wahr? Nun liegt es an dir herauszufinden, wie du diesen erstrebenswerten Zustand, so sein zu dürfen wie du wirklich bist, erreichen kannst. Du hast die Treue zu dir gebrochen und dein Leben aus deinen Händen gegeben. Es ist an der Zeit es zurück zu holen." Ich blickte noch eine Weile in den Sternenhimmel und sann über Jophiels Worte nach.

Zuviel des Guten

Ella besuchte die sechste Klasse der Realschule. Es gab einige Probleme, die ihre Lehrerin, Frau Schulz, mit dir persönlich besprechen wollte. Sie bat dich in die Schule zu kommen. Auf dem Weg dorthin dachtest du über die aktuellen Probleme nach.

Deine Tochter hatte seit Anbeginn der Schulzeit Schwierigkeiten, eine Geschichte verständlich aufzuschreiben. Obwohl Ella gerne Bücher las, gelang es ihr nicht, die Sätze so zu formulieren, dass ein schlüssiger Text daraus wurde. „Mama, ich kann das nicht und morgen müssen wir abgeben." Ella weinte bittere Tränen. „Ich finde einfach keine Sätze. In meinem Kopf ist alles durcheinander." Du nahmst sie in die Arme und sprachst ihr Mut zu. „Komm schon Ella, dass kriegst du hin". Deine Hand fuhr über ihre Haare. Du wusstest, dass Ella sich vergeblich anstrengte. Wie bereits etliche Male zuvor, fingst du an, deiner Tochter Wort für Wort zu diktieren. Natürlich meldete sich dein Gewissen, aber das Mitleid war stärker.

Es konnte heute in dem Gespräch, eigentlich nur darum gehen. Mit Schwung fuhrst du in die freie Parklücke vor dem Schulgebäude. Der Wagen stieß vorne am Bordstein an. Gespräche dieser Art machten dich nervös. Während du auf die Eingangstüre der Schule zuliefst, wühltest du in deiner Handtasche nach dem Handy, um es auszuschalten. Zwei kleinen Stufen wurden dir zum Verhängnis. Ein Tritt ins Leere und du knicktest mit dem rechten Fuß um. Doch bevor du zu Boden gingst, fing dich ein junger Mann auf. „Hoppla, gerade noch erwischt", lachte er und hielt dich in seinen starken Armen. In seinen blauen Augen spiegelte sich alles, was du dir so sehr von Ludwig wünschtest. Spontanität, Herzlichkeit und Frohsinn.

„Das wäre aber fast schiefgegangen. Alles in Ordnung bei Ihnen? Können Sie stehen?" fragte er dich freundlich. Langsam setzte er dich auf die oberste Stufe. Das gesamte Inventar deiner Tasche lag vor euch verstreut auf dem Boden. „Ja es geht, tut nur ein bisschen weh. Ich habe die Stufen nicht gesehen. Vielen Dank." „Aber gerne doch." Der junge Mann fing an, deine Sachen aufzuheben. „Oh nein,

die Brille. Sie ist kaputt." Bestürzt nahm er den abgebrochenen Bügel der Brille und hielt ihn an das Gestell. „Macht nichts, die hat nur ein paar Euro gekostet. Das ist so eine aus dem Discounter." Stöhnend massiertest du deinen Knöchel. „Wissen Sie was? Ich kleb die mal schnell." „Aber ist wirklich nicht nötig. Ich habe gleich einen Termin und muss weiter." „Doch, doch, geht ganz schnell, hab alles dabei."

Er nahm seine Sporttasche von der Schulter und holte ein Pflaster heraus. Mit flinken Fingern wickelte er das Pflaster um die gebrochene Stelle. „So, fertig. Setzen Sie sie mal auf." *Skeptisch hattest du die Brille auf deine Nase geschoben.* „Na bitte, wer sagt`s denn. Sieht cool aus." *Der junge Mann konnte sich das Lachen nicht verkneifen und steckte dich damit an.* „Danke, ich sehe bestimmt aus wie ein Bruchpilot. Wie heißen Sie eigentlich?"

Er reichte dir seine Hand. „Jan Erik. Kann ich Sie jetzt alleine lassen? Ich sollte auch weiter." *Du gabst ihn frei und blicktest ihm nachdenklich hinterher. Jan Erik zwinkerte dir noch einmal zu. Mit schmerzverzerrtem Gesicht erreichtest du das Klassenzimmer.*

„Guten Tag, Frau Danner. Oh, Sie humpeln ja, was ist passiert?" Frau Schulz kam besorgt auf dich zu und gab dir ihre Hand. „Guten Tag, Frau Schulz, ich habe mir eben auf der Treppe den Fuß verstaucht. Ich bin, ehrlich gesagt, ein wenig unruhig."
Die Lehrerin schaute dich freundlich an, bat dich Platz zu nehmen und eilte zum Lehrerzimmer, um eine kühlende Kompresse zu holen. „Halten Sie die mal auf ihren Knöchel, sonst gibt das einen dicken Bluterguss. Außerdem müssen Sie nicht nervös sein. Sie wissen worum es geht?"
„Ja, ich denke um….", du hieltest kurz inne, „…meine Hilfestellung?"
„So ist es. Mir ist völlig klar, dass Sie die Mädchen mehr oder weniger alleine erziehen, Ella erzählt oft, dass ihr Papa immer in fernen Ländern unterwegs ist. Zudem hatten Ella und Jette ja auch ihre Eltern verloren. Ich kann mir vorstellen, dass man aus diesem Grund dazu neigt, besonders fürsorglich mit ihnen umzugehen. Aber glauben Sie wirklich Frau Danner, dass Sie den Kindern damit einen Gefallen tun? Ich kann ihre Beweggründe verstehen und manchmal ist es tatsächlich nötig, dass die Mutter sich

schützend vor ihre Kinder stellt, aber vieles können die Kinder alleine regeln." fragend schaute Frau Schulz dich an.

„Ich will mich auch gar nicht rechtfertigen. Das stimmt schon was Sie da sagen, es fällt mir nur schwer zu unterscheiden, wann mein voller Einsatz gefragt ist oder wann ich mich zurückhalten muss." Die Lehrerin lächelte. „Sie meinen, wie bei dem Aufsatz? Na, da haben Sie ja wieder alles gegeben. Sie sollten Schriftstellerin werden, die Geschichte ist Ihnen wirklich gelungen."

Beschämt schautest du zu Boden. „Lassen Sie ihre Kinder entscheiden, wann sie Hilfe wirklich brauchen. Reden Sie viel mit den Mädchen und motivieren Sie die Beiden zur Selbstständigkeit. Wenn Ella und Jette nie scheitern dürfen, werden sie es später schwer haben. Sie werden aus ihren Fehlern lernen und wir sind da, um ihnen Kraft, Liebe und Vertrauen zu geben. Ich würde sagen, wir verbleiben so, dass ich bei den Aufsätzen Ellas Bemühen mit in die Note einfließen lasse und Sie sich bei mir melden, wenn sich etwas unsicher anfühlt."

Du versprachst Frau Schulz, ihr Angebot anzunehmen.

Nachdenklich machte ich den Ordner zu. Mein allzu großes Herz stand mir manchmal im Weg und verleitete mich zu kontraproduktiven Handlungen. Das Denken für meine Kinder zu übernehmen gehörte mit Sicherheit dazu. Ich konnte mich nur schwer von ihrer Niedergeschlagenheit distanzieren und litt mit ihnen. Mir fehlte oft der objektive Blick. Ihre Probleme wurden zu sehr zu meinen.

Ich hörte Jophiel's Melodie. Mein Blick streifte durch den menschenleeren Park. Wenige Minuten später nahm er neben mir auf der Bank Platz. „Hallo, Mareike." Seine leuchtenden Augen fixierten mich. „Alles gut bei dir?" „Wie man`s nimmt", sagte ich leise und wiegte den Kopf hin und her.

„Findest du auch, dass ich alles falsch gemacht habe? Ich meine mit den Kindern." Jophiel zog eine Augenbraue hoch. „Das kann ich nicht bestätigen. Es geht um deine, manchmal allzu gut gemeinte Fürsorge. Nicht wahr?" „Ja, genau. Wenn ich spürte, dass die

Mädchen trotz großer Anstrengung nicht vorwärtskamen, war es doch nicht verkehrt ihnen zu helfen?" Flehend schaute ich ihn an. „Ich stimme dir zu, dass es einen Unterschied macht, ob jemand nicht will oder nicht kann. Fraglich ist nur, wie du am effektivsten hilfst. Ich sehe, dass deine Bemühungen nicht immer etwas mit den Kindern zu tun haben. Meinst du nicht, dass die Kinder auch ein Alibi waren? Je inbrünstiger du dich um ihre Angelegenheiten kümmerst, umso weniger denkst du über dich und Ludwig nach. Das Leben von Ella und Jette wurde dein Fluchtweg. Eine Ausrede dafür, dass du keine Zeit hattest, achtsam mit dir umzugehen."

Das mochte ja so sein, dennoch tat es weh, wenn Jophiel mich kritisierte. Etwas trotzig meinte ich: „Aber Ella ist heute dankbar für meine Unterstützung. Mit Ludwig konnte ich über sowas nicht reden. Kann doch nicht nur schlecht gewesen sein, oder?" „Nein, war es auch nicht. Hier geht es nicht um richtig oder falsch, um schlecht oder gut, hier geht es um zu viel oder zu wenig. Du neigst dazu, zu viel des Guten zu tun." Enttäuscht schaute ich ihn an. „Weiß nicht."

Wie immer, wenn jemand unzufrieden mit mir war, überkam mich das Gefühl der Unzulänglichkeit und ich wurde traurig. „Gräme dich nicht Mareike, keiner auf dieser Erde ist perfekt. Lerne stattdessen daraus. Wir sehen uns ziemlich bald wieder." Er küsste meine Hand und ging. Das Gespräch klang noch lange in mir nach.

Ich fuhr bei meiner Schwester Ruth vorbei und brachte ihr einige Fotos. Die kurze Begegnung von damals mit dem jungen Mann vor der Schule schwirrte in meinem Kopf herum. „Seltsam, Jan Erik hieß er und er bewegte noch heute etwas in mir. Weißt du, der sah so gut aus und so glücklich. Seine unbändige Lebenslust gegen mein gebrochenes Selbstvertrauen. So saßen wir nebeneinander auf der Treppe. Wir sind doch ständig im Leben damit beschäftigt, instand zu setzen, was wir kaputt gemacht haben, zu suchen, was uns verloren ging. Du kannst mich jetzt auslachen, aber die Berührung seiner Hände löste ein kribbelndes Verlangen in mir aus. Es waren vielleicht fünf Minuten, die wir uns sahen, doch in diesen fünf Minuten merkte ich, wie vernachlässigt und wertlos ich mich fühle."

Ruth blickte mich mit großen Augen an und lächelte. „Ach, was du nicht sagst, wer hätte das gedacht. Mensch Mareike, das tut mir alles so leid. Mal abgesehen von den seelischen Qualen bist du wahrscheinlich das einsamste Wesen, das ich kenne. Deine Sehnsucht wurde von jahrelangen Entbehrungen gespeist."

Die Haustüre im Untergeschoss ging auf. „Hallo, mein Schatz, jemand daheim? Bin wieder da, wie war dein Tag?", rief Hannes, mein Schwager, fröhlich zu uns hoch. Seine Begrüßung ging mir durch Mark und Bein. Ich fing an zu weinen. „Was ist los Mareike?" Erschrocken nahm Ruth meine Hand. „Ich möchte, dass Ludwig sich auch mal so auf mich freut, dass er es kaum erwarten kann mit mir zusammen zu sein. Kannst du das verstehen?"

Als ich den Wagen in der Garage vor unserem Haus parkte, schluchzte ich immer noch.

Seenot

Der Urlaubsort verstand sich von selber. Ihr wart jedes Jahr in den hohen Norden gereist. Mal war die Ostsee das Ziel, mal die Nordsee. Die Verwandtschaft wurde erst abgeklappert, dann ging es nur noch um Spaß und Erholung. Oft warst du mit den Kindern vorausgefahren und Ludwig kam später nach, wenn es seine Pläne erlaubten. Oder er reiste einige Tage früher wieder ab. Die Kinder hatten sich daran gewöhnt, dass er nicht in der Lage war, wirklich abzuschalten. Ohne seine Arbeit konnte er nicht mehr sein.

Dir hingegen fiel es schwer, das zu akzeptieren. Du wurdest das Gefühl nicht los, er tue lediglich seine Pflicht und wäre nicht freiwillig, geschweige denn aus Liebe, mit dir zusammen im Urlaub. Wie wahrscheinlich alle Mütter mit einer gewissen Harmonievorstellung leben, so machtest auch du dir große Hoffnungen, eine schöne Zeit mit der Familie zu verbringen. Ein Trugschluss, dem du von Urlaub zu Urlaub wieder aufgesessen bist. Wenn es in den Zeiten, in denen Ludwig Zuhause war, nicht stimmig zu-

ging, wie sollte es dann funktionieren, wenn ihr gezwungen ward, zwei Wochen lang, vierundzwanzig Stunden zusammen zu sein?

Du kamst mit den Einmischungen deines Mannes, in die Kindererziehung, schwer zurecht. Es war ungewohnt für dich. Wenigstens versuchte er, freundlich zu bleiben, wobei gerade diese Versuche ihn unglaubwürdig machten.

Ella und Jette waren beide stolze Besitzerinnen eines Segelscheins. Mit ihren dreizehn und vierzehn Jahren gehörten sie bereits zu den lustigen Seefahrerinnen, die von Boje zu Boje schippern durften.

Innige Freundschaften hatten sie in den vielen Jahren an immer denselben Urlaubsorten geknüpft und so stand auch an diesem sonnigen Nachmittag ein kleiner Segeltörn auf dem Plan. Jette ging lieber mit einer Freundin in die Stadt, also segelte Ella gemeinsam mit den Freunden Lotte und Nils an der Küste entlang.

Sie wussten genau, welche Boje für sie eine Grenze bedeutete, die nicht überschritten werden durfte.

Mit einem guten Buch suchtest du Entspannung im Garten, der zu eurer Ferienwohnung gehörte. Der Himmel verdunkelte sich plötzlich und ohne große Vorwarnung war auf einmal ein Sturmtief im Anmarsch. „Ludwig, ich mache mir Sorgen. Schau mal in den Himmel, da kommt nichts Gutes. Die Kinder sind noch mit dem Boot draußen."

Unlustig schaute er von seinem Laptop auf. „Jetzt mach halt mal das Radio an und hör die Wetterwarnungen. Wird schon nicht so schlimm werden." Nervös hörtest du den Sprecher eine Unwetterfront ankündigen. „Bitte, Ludwig, wir müssen etwas unternehmen, ich kann Ella auf dem Handy nicht erreichen." Eindringlich flehtest du ihn an. Er sprang von seinem Stuhl hoch, sodass dieser zu Boden stürzte und brüllte: „Du gehst mir auf die Nerven mit deiner ewigen Panik, die werden sich schon zu helfen wissen. Es sind doch keine kleinen Kinder mehr." Eingeschüchtert von seiner heftigen Reaktion stelltest du kleinlaut klar: „Was hat das denn damit zu tun? Man muss kein kleines Kind sein, um in Seenot zu geraten."

„Verdammt Mareike, geh mir aus den Augen!" Er schob dich unsanft durch die Terrassentüre in die Wohnung und packte dabei deine Arme so fest, dass es schmerzte. Er

schüttelte dich. „Geh endlich mal zu einem Seelenklempner. Du hast absolut einen Knall."

Zitternd hattest du deine Gummistiefel angezogen, dir die Regenjacke übergeworfen und das Haus hastig verlassen. Tränenüberströmt und in höchster Sorge um die Kinder eiltest du zum Anlegesteg. Die Wellen donnerten immer höher an den Strand. Der Bootsverleiher, Herr Hannes Henrichs, bestätigte dir, dass ihm noch dieses eine Boot fehlte. Er wollte die Rettung informieren, das sei seine Pflicht. Die Angst kroch durch deinen Körper und ließ dein Herz rasen. „Haben Sie es auf den Handys der jungen Leute versucht?" Bekümmert probiertest du es zum Tausendsten Mal. „Nichts, es meldet sich nur die Mailbox."

„Nun gut, jetzt beruhigen Sie sich, die Küstenwache wird sie finden. Das sind prima Jungs, die melden sich sofort bei mir, wenn sie die Lütten entdecken."

Er führte dich in seine kleine Holzhütte, die euch Schutz vor dem Regen bot. Regenwasser tropfte von deiner Kapuze und die nassen Stiefel hinterließen eine Pfütze auf dem Holzboden. Es roch modrig in der Hütte. Herr Henrichs lächelte freundlich, reichte dir eine heiße Tasse Kaffee, nahm deinen Arm und setzte dich auf den Stuhl direkt neben das Funkgerät. Der Arm tat dir weh. Abwesend war dein Blick auf den Kaffeebecher gerichtet. Es war tröstlich für dich, nicht alleine zu sein. Gespannt lauschtest du dem Funkverkehr, immer in der Hoffnung zu hören, dass sie die Kinder gefunden hätten. Herr Henrichs war die Ruhe selber. Seine kleine, rundliche Statur, die dicken, roten Backen, der Vollbart und die Schiffermütze auf dem Kopf machten ihn zu einem Urgestein der Seemänner. Er weckte dein Vertrauen. „Was glauben Sie? Wird alles gut gehen?" „Aber das will ich man meinen. Wäre doch gelacht, wenn wir die Lütten nicht wieder heil nach Hause bringen." Dein Handy klingelte. „Ludwig? Ja, ich bin im Bootsverleih. Keine Spur von den dreien. Gut, wenn du meinst. Bis später dann."

Fragend blickte dich Herr Henrichs an. Sicher hatte er deine Enttäuschung bemerkt, darum versuchtest du ein gleichgültiges Lächeln aufzusetzen. Du konntest ihm nicht in die Augen blicken, als du ihm erklärtest: „Das war mein Mann. Er wartet in der Ferienwohnung. Er meint, es wäre besser, in der Wohnung zu bleiben, falls die Kinder auftauchen. Er macht sich wirklich große Sorgen."

Diese Lüge nahm dir der alte Seebär aber nicht ab. „So, so, große Sorgen, na denn." Tränen kullerten leise in deinen Schoß. Henrichs klopfte dir aufmunternd auf die Schulter. „Na min Dirn, dat wird schon." Ach, wenn er nur wüsste. Oder wusste er vielleicht? Du hattest das Gefühl, dass er deinen ganzen Seelenschmerz kannte.

Draußen fegte der Sturm über die Hütte hinweg. Regen peitschte an die Klappläden, die ihrem Namen Ehre machten und lautstark gegen die Holzwände schlugen. Mittlerweile waren die Eltern von Lotte und Nils voller Sorge aufgetaucht. Die alte Fischerhütte barst aus allen Nähten. Wie rührend die Männer ihre Frauen umarmten und die Sorge mit ihnen teilten. Wehmütig schautest du ihnen zu. Der Wind heulte immer stärker. Du wagtest es nicht, einen Blick auf das Meer zu werfen. Als du einen Schluck Kaffee aus deiner Tasse trinken wolltest, vibrierte plötzlich das Handy in deiner Hosentasche. Erschrocken warst du aufgesprungen. Die Kaffeetasse knallte auf den Boden und zerbrach. „Hallo? Hallo? Wer ist denn da?" Aufgeregt brülltest du in den Apparat. Herr Henrichs drückte sein Ohr ganz nahe an deines. "Ja? Ella? Bist du das? Wo seid ihr? Okay, alles klar, rührt euch nicht vom Fleck, wir holen euch gleich ab."

Erleichterung ließ deine Knie zittern. Die verängstigten Eltern blickten dich erwartungsvoll an. "Das war Ella, es geht ihnen gut, sie haben zwei Ortschaften weiter an einem Steg angelegt. Es war zu gefährlich, bis hierher zurück zu segeln und der Empfang war so schlecht wegen des Sturms. Sie konnten uns nicht erreichen. Gott sei Dank geht es allen gut."

"Na denn, geb ich den Jungs mal Entwarnung." Herr Henrichs grinste wie ein Honigkuchenpferd, funkte mit der Küstenwache und nahm dich in seine Arme. "Danke, vielen Dank", hast du in sein Ohr geflüstert. Auch alle anderen küssten sich. Daraufhin holte der alte Seebär eine Flasche Korn, schenkte jedem ein Schnapsglas voll ein und meinte: "Auf die Jugend. Prost meine Lieben." Alle schüttelten sich, weil der gute Tropfen in der Kehle brannte.

Die beiden Väter machten sich auf den Weg, die Kinder zu holen. Die Frauen fuhren gemeinsam mit dem anderen

Auto nach Hause. Sie waren Nachbarn und hatten denselben Weg. Nun standen nur noch Herr Henrichs und du an der Türe. „Auf Wiedersehen, min Dirn." Er lächelte dich aufmunternd an. „Klar, aber bitte unter anderen Umständen."

Ich fühlte noch heute, wie Hannes Henrichs sich freute, als ich zwei Tage später einen neuen Kaffeebecher vorbeibrachte. Eine blaue Tasse, auf der vorne drauf „Hannes" und hinten das Datum des furchtbaren Tages mit dem Happy End stand. Er legte seine Pfeife auf die Seite und schaute mir tief in die Augen. „Schick ihn zum Teufel, min Dirn", sagte er nur und ich wusste zu gut, wen er damit meinte. Er hatte den Braten sofort gerochen, nachdem Ludwig unter einer fadenscheinigen Ausrede in der Ferienwohnung geblieben war, anstatt mir zur Seite zu stehen. Wenn das mit dem Teufel nur so einfach wäre. Es war ja nicht die einzige Situation, die ich alleine durzustehen hatte. Unzählige Entscheidungen, welche die Kinder betrafen, musste ich ohne ihn fällen. Wohl wissend, dass er mir im Nachhinein Vorwürfe machen würde, wenn es sich als eine Fehlentscheidung herausstellte. Verflixt und zugenäht, war ich nicht bereits eine alleinerziehende Mutter? Gewiss, aber mit Auflagen des Amtes.

Die bekannte Melodie drang an mein Ohr und wenig später saß Jophiel neben mir auf der Mauer des Klostergartens. Ein Platz den ich öfter aufsuchte, wenn die Ruhelosigkeit meine Seele umtrieb. Das alte Kloster, das nur noch für diverse Events zum Leben erwachte, brachte mein Gemüt zur Ruhe. Ich träumte mich in das achtzehnte Jahrhundert zurück, sah den Mönchen in ihren braunen Kutten bei der Gartenarbeit zu. Ehrfürchtig trugen sie behutsam die Kräuter zusammen und wenn die Glocke zum Gebet rief, folgten sie andächtig ihrer Bestimmung. Anspruchslos stellte ich mir die Klosterbrüder vor, zufrieden und erfüllt von Gottes Liebe. Es hatte etwas Beruhigendes. Sollte ich jemals auf der Flucht sein, würde ich an diesen Ort, zu diesen Mönchen fliehen.

„S.O.S?" fragte Jophiel und holte mich zurück in die Realität. „Ähm, entschuldige, ich habe gerade geträumt. Nein, könnte schlimmer sein. Warum tust du mir so gut, Jophiel? Wieso kann mein Mann nicht sein wie du? Du hättest mich bestimmt nicht alleine gelassen mit meiner Sorge um Ella." „Sicher nicht, aber Ludwig ist, wie er ist. Lass das Grübeln und begreife, dass du ihn nicht änderst. Er hat seine Lektionen zu lernen und du deine. Ihr Menschen träumt von Gleichheit und erlebt doch immer nur, wie ihr euch unterscheidet."

Geistesabwesend zupfte ich mir am Ohr herum und schlenkerte mit den Beinen, die an der Mauer herunterhingen. „Das geht aber nicht. Solange ich mit ihm zusammenlebe, wird es immer auch mein Problem sein." „Na, damit hast du dir deine Antwort auf dein zukünftiges Leben gegeben. Du stehst dir nur noch selber im Wege, Mareike und sonst niemand. Merke dir bitte eines: Wenn du nicht vorwärts kommst in deiner persönlichen Entwicklung, ist es manchmal unumgänglich, den Standort zu wechseln." Wir schwiegen eine Weile und sahen die Sonne am Horizont untergehen. Es wurde kalt auf der Mauer. Jophiel half mir herunter und küsste mich rechts und links auf die Wange. „Es gibt da etwas, dass du dir verbietest. Denk darüber nach." Wir liefen in entgegengesetzte Richtungen. Am liebsten wäre ich umgekehrt und Ihm hinterhergerannt. Ich wollte dort sein, wo er war.

Vielleicht hatte Jophiel recht. Ein anderes Leben kenne ich nicht. Was wäre ich ohne mein Drama? Ich fühle mich Zuhause in den Sorgen, den Ängsten und bei Ludwig. Dort kenne ich mich aus, auch wenn er mir nicht guttut.

Annabell

Zu viert wart ihr an dem offenen Grab gestanden. Du, daneben Ella, dann Jette und neben ihr Ludwig. Die Rosen landeten dumpf auf dem Sarg. Ihr hattet den Eltern von Annabell Schubert und ihrer Schwester, die alle keinen Kontakt zu den Kindern wünschten, die Hand gereicht und zurück über den Friedhof in Richtung Parkplatz gelaufen. Annabells Familie wollte nichts mehr mit ihr zu tun haben. Zu groß war die Scham, Eltern einer schwächlichen Tochter zu sein. Allein das Gerede der Leute. Wie hatte sie ihnen das antun können. Annabell litt sehr unter der Ausgrenzung.

Du wischtest dir die letzten Tränen aus den Augenwinkeln, während Jette dich fragte, ob du dir ein Leben nach dem Tod vorstellen könntest. „Man kann nur glauben und hoffen, dass im Niemandsland die Liebe auf uns wartet", war deine Antwort. Für die Mädchen war Annabell eine fremde Frau, zu der sie jeglichen Bezug verloren hatten. Ein Treffen hatte nie stattgefunden. Annabell fühlte sich nie stark genug, die Kinder wiederzusehen. Demnach hielt sich die Traurigkeit der Mädchen in Grenzen und paarte sich rein solidarisch mit deiner Betroffenheit. Sie wich schnell ihrer jugendlichen Unbefangenheit.

Gemeinsam hattet ihr die Fotos von Annabell und Josch angeschaut. Jette entdeckte begeistert einige Ähnlichkeiten. Zum Beispiel dieselben Augen oder die gleiche Haarfarbe. Es schmerzte dich nicht mehr, denn diese Kinder waren deinen Mädchen und kein Charakterzug, keine Äußerlichkeiten änderten etwas daran. Du holtest den Brief, den ihre Mutter dir vor Jahren gegeben hatte und begannst vorzulesen. Zwei, dreimal musstest du eine Pause einlegen und kräftig Schlucken. Alles was du sonst über ihre Mutter wusstest, erzähltest du ihnen frei heraus.

Annabell spürte bereits vor einem halben Jahr, dass sie sterben würde. Bei deinem letzten Besuch war deine Schonzeit vorbei und sie berichtete dir unverblümt, wie es um sie stand.

„Mareike, ich werde sterben. Vor geraumer Zeit sagten mir die Ärzte, dass meine Bauchspeicheldrüse nicht mehr richtig funktioniert. Seit her kann ich nichts mehr Essen und erbreche das wenige, was ich zu mir nehme. Darum

haben sie mich an die künstliche Nahrung gehängt." Mit zitternder Hand hob sie ihre Decke um dir zu zeigen, wo die Schläuche angebracht waren. Sie hatten ihr unter anderem einen Katheter gelegt, weil sie keinen normalen Stuhlgang mehr hatte. Die Infusionen, die in der Armbeuge angebracht waren, sollten für ausreichend Flüssigkeit sorgen. Überall dort, wo man ihr schon einmal einen Zugang gelegt hatte, sah man große, blaue Flecken. Vor dir lag eine ausgemergelte, in sich zusammen gefallene, junge Frau, die auf ihren Tod wartete.

„Bitte jetzt kein Mitleid. Ich bin selber schuld daran. Das Leben war nie mein Freund."

Fünf Mal hatte Annabell versucht, sich in den Jahren, die ihr euch kanntet, von der Sucht zu befreien. Monatelange Aufenthalte in Suchtkliniken brachten nur einen kurzen Moment des Lebens zu ihr zurück. Immer wieder siegte der Alkohol, wurde schließlich zu ihrem schlimmsten Feind.

„Ich bin froh, wenn es endlich vorbei ist." Sie senkte ihren Kopf. „Bitte, sag meinen Engeln, dass ich sie liebe und stolz auf sie bin."

Du konntest ihr nicht mehr helfen, so traurig es auch war. Deine Sorge galt nun viel mehr den Kindern und was aus ihnen werden würde. Sie hatten ihr ganzes Leben noch vor sich. Annabell lächelte dich mit ihren gequälten, blauen Lippen an und nippte an dem Tee. „Die Adoptionspapiere sind längst ausgefüllt. Natürlich bleiben die Mädchen bei dir. Bitte verzeih mir, ich konnte nicht früher loslassen. Es mag dumm klingen, aber mein Name „Schubert" war meine letzte Verbindung zu den beiden in all den Jahren." Verträumt betrachtete Annabell die beiden Holzsterne die du ihr mitgebracht hattest. Vorne standen die Namen der Mädchen drauf. „Nun werden sie endgültig deine Mädchen sein und natürlich auch heißen wie du: Ella Danner und Jette Danner."

Der Ordner donnerte im hohen Bogen gegen die Wand. Verdammt noch Mal, wie gemein das Leben sein konnte. Eine Flut der Tränen floss über mein Gesicht und mir war, als würde der gesamte Weltschmerz auf meinen Schultern liegen. Ein Leben, das eigentlich noch gelebt werden wollte, hatte ein grausames Ende gefunden.

Jophiel klopfte an die Terrassentüre. Ich hatte seine Melodie nicht gehört. Trotzdem freute ich mich über sein Erscheinen. Er verkörperte für mich eine unwiderstehliche Leichtigkeit, die allem Leben und Sterben entsprechen sollte. Ich fühlte mich besser, wenn ich ihn nur anschaute.

„Komm rein", sagte ich schniefend und rang mir ein Zucken der Mundwinkel ab. Er nahm mich in die Arme. An seiner Schulter, wog mein Kummer nur halb so schwer. Jede Träne war eine Träne der Hoffnung, dass es Annabell gut gehen möge, dort wo sie war. Aber es waren auch Tränen der Einsicht. Ich hatte so vieles nicht bemerkt, einfach verdrängt.

„Nachdem die Kinder nun zu unseren Kindern wurden und Ludwig diesen Trumpf nicht mehr hatte, wurde alles noch viel schlimmer." Jophiel setzte sich an den Küchentisch, legte seinen Hut ab und ich bereitete einen Kaffee zu. „Das klingt ja wie im Krieg bei euch", sagte er. "Ja, nach der Konfirmation der Mädchen begann eine schmutzige Schlammschlacht. Wir fochten abscheuliche, unerbittliche, verbale Kämpfe, bei denen es nur Verlierer geben konnte. Jeder beanspruchte die alleinige Wahrheit für sich." "Warum?" fragte Jophiel. "Weiß ich auch nicht." Ich pustete in den heißen Kaffeebecher. "Weil ich ihn anders haben wollte? Weil die Entbehrungen zu groß waren? Weil man will, dass der Partner einen bedingungslos liebt? Sag du es mir."

Jophiels Augen blickten mich sanft und verständnisvoll an.

"Gut, fangen wir an zu sortieren. Du bist für niemanden eine große Hilfe, wenn du dich so lange folterst, bis du kraftlos auf dem Boden liegst." "Du meinst, kein Selbstmitleid mehr? Wie soll ich nur die Böswilligkeiten noch verkraften? Wenn die Kinder bei Freundinnen übernachten und er Zuhause ist, setzt Ludwig alles daran mir das Leben schwer zu machen. Er hat tatsächlich in einem seiner Anfälle meine kompletten Fotomappen im Haus versteckt und schadenfroh gemeint, ich könne nun meine alberne, kindliche Freude bei der Suche nach den Fotos ausleben. Unfassbar! Zynisch stand er hinter mir, feuerte mich spöttisch an und hatte seinen Spaß an meiner Verzagtheit. Ach komm, Jophiel, bei dir klingt das alles so einfach. Ist es aber leider nicht." „Nein, ist es auch nicht. Es bedarf viel Mut, um zu erkennen, dass man im Leid stehen bleibt und dabei vergisst, zu leben. Hör auf zu wünschen, was du niemals haben kannst, damit sich dein innerer Konflikt lösen kann." „Du meinst, ich muss Ludwig freigeben? Aber genau dann denkt er ja, ich sei undankbar und egoistisch."

Jophiel lehnte sich zurück und verschränkte die Arme entspannt hinter dem Kopf. „Er täuscht sich und das wird er erkennen, wenn der verletzte Stolz nach einiger Zeit den Weg frei gibt. Veränderung passiert von innen nach außen und somit kann jeder nur sich selber verändern. Bleib deinem Denken und Handeln gegenüber verbindlich und alles geschieht mühelos. Wieso sollte es dich interessieren, was er von dir denkt?"

Ich tat es Jophiel gleich und lehnte mich zurück. Eine neue Einsicht breitete sich in mir aus. Sie riss alle Hindernisse, die eine vernünftige Sicht auf die Dinge versperrten, mit sich. Molly stupste mich fragend an. Ich beugte mich schwerfällig zu ihr herunter. „Du hast es gut, meine Süße. Dir bleiben all unsere Sorgen und Nöte verborgen." Während ich sie hinter den Ohren streichelte, musste ich an den Tag denken, an dem sie zu uns gekommen war.

Zwei Jahre waren seinerzeit nach Sams Tod vergangen. Zwei Jahre in denen mir ein Hund mit seiner grenzenlosen Treue unendlich gefehlt hatte. Es war ein Zeitungsinserat mit einem Foto von Molly gewesen, das mich zu Tränen gerührt hatte:

„Bin ein Jahr alt, habe alles verloren und möchte dich gewinnen!"

Ich fuhr mit Ella und Jette noch am selben Tag in das Tierheim. Ihr Vorbesitzer war tödlich mit dem Auto verunglückt. Der Hündin blieb einzig eine Box in der Notunterkunft. Verängstigt musterte sie uns. Nachdem wir uns zu ihr auf den Boden gesetzt hatten, fasste sie ein wenig Vertrauen, schleckte den Mädchen über die Wangen und machte es sich auf meinem Schoß bequem. Ihr hellbraunes, langes Fell glänzte. Es schmeichelte meiner Hand. Die dunklen Augen verrieten ihre Sehnsucht. Um uns war es geschehen. Überglücklich nahmen wir unser neues Familienmitglied mit nach Hause.

Jophiel unterbrach meine Gedanken. „Ich werde mich nun verabschieden. Bringst du mich noch zur Tür?" Lächelnd stand ich auf. „Verzeih, ich dachte gerade an den Tag, als Molly zu uns kam. Ein Lichtblick in meinem Schattendasein." „Ich weiß." Jophiel lächelte verheißungsvoll. „Und ich weiß, dass du alles von mir weißt und ich nichts von dir"; freundschaftlich stupste ich ihn an. „Das nächste Kapitel gehört eher zu den dunklen Stunden und ich habe ein wenig Angst." „Ich verstehe. Aber ich werde für dich da sein. Du darfst nicht vergessen, es ist vorbei. Jeder

Augenblick steht für sich, Mareike, nichts geschieht je wieder so, wie es einmal geschah." Ich stellte mich auf die Zehenspitzen, setzte ihm den Hut auf, hängte mich an seinen Hals und flüsterte in sein Ohr: „Versprich es mir." Er nickte, drehte sich um und ging.

Wieder hatte ich vergessen, ihn nach seinem Hut zu fragen. Er trug ihn bei jedem unserer Treffen. In meiner Fantasie tummelten sich die absurdesten Theorien über diese auffallende Kopfbedeckung.

Jette

Gleich nach ihrer Konfirmation machte Jette von ihrem geschenkten Geld den Mofa-Führerschein. Natürlich warst du zuerst dagegen, Ella hatte ihn auch nicht gemacht. Jedoch wohntet ihr auf dem Land und es gab nicht genügend öffentliche Verkehrsmittel, um schnell eine Freundin im nächstgelegenen Ort zu besuchen. Weil deine Aufgabe als Mama Taxi einiges an Organisation verlangte und verlorene Zeit auf der Straße liegen blieb, hattest du schweren Herzens eingewilligt. Jettes Drang zur Unabhängigkeit ließ ohnehin nicht zu, sich dagegen zu entscheiden.

Es war ein Mittwochnachmittag. Das Telefon klingelte. Eine nette Dame sprach zu dir. „Sind Sie Frau Danner?" Du dachtest dir, es würde um einen Auftrag gehen. „Ich muss Ihnen leider mitteilen, dass Ihre Tochter Jette nach einem Unfall bei uns eingeliefert wurde. Sie ist gerade im Operationssaal. Mehr darf ich Ihnen nicht sagen. Kommen Sie bitte in die Friedmanns Klink und bringen Sie das Versicherungskärtchen Ihrer Tochter mit."

Dein Herz hämmerte gegen die Schädeldecke. Die Hände wurden taub, weil das Blut in deinen Adern stockte. „Wie geht es ihr? Natürlich komme ich sofort. Wo muss ich noch mal hin?" Deine Augen wurden feucht und du stottertest in das Telefon. „Beruhigen Sie sich, Frau Danner, Ihre Tochter ist in guten Händen. Fahren Sie besonnen, damit Ihnen nicht auch noch etwas passiert."

Wie du es in die Klinik geschafft hattest, blieb dir ein Rätsel. Vor dem Operationssaal warteten vier leere Stühle darauf, von ängstlichen Angehörigen belegt zu werden. Auf einem von ihnen nahmst du Platz. Ludwig und Ella hattest du bereits informiert. Die Gedanken liefen Amok. Schon wieder Jette. Die arme Kleine, deren Körper jede Krankheit bis auf das äußerste ausschöpfte und so manchen Krankenhausaufenthalt vonnöten machte. Eine Medaille hing zu Hause über ihrem Bett und erinnerte an Jettes Tapferkeit. Und jetzt?

„Bitte, lieber Gott, lass sie alles überstehen. Nimm mir nicht mein Kind."

Drei qualvolle Stunden später wurden Ludwig, der zum Glück keine weite Anreise hatte, und du von dem Chirurgen aufgeklärt.

„Sie hat noch einmal Glück gehabt. Wir mussten den rechten Fuß operieren und einen Bruch stabilisieren. Ansonsten kam sie mit kleineren Schürfwunden davon."

Die nüchterne Art des großen, in die Jahre gekommenen Arztes verwirrte dich. Bestürzt schautest du in sein regungsloses Gesicht. „Wie geht es ihr jetzt? Kann ich zu ihr?" „Ja, Sie dürfen. Jette liegt noch im Aufwachraum. Eine Schwester wird Sie gleich dorthin bringen und wir besprechen alles Weitere dann auf der Station. Ihre Tochter wird wohl noch einige Zeit hierbleiben." Darauf drehte er sich um und ging.

Ludwig blickte dich an und meinte mit einem unbeholfenen Lächeln: „Na, das klingt ja halb so schlimm, das wird schon wieder." Er tätschelt lieblos deinen Arm und folgte der Krankenschwester zum Aufzug. Sie scherzten miteinander und trotz all deiner Sorgen wurdest du wütend auf ihn. Wie konnte er nur so kalt und herzlos sein? Fassungslos liefst du hinter ihnen her, die Flure entlang.

Jette war von einem Autofahrer erwischt worden, den sie zu spät gesehen hatte. Der junge Fahrer entschuldigte sich wieder und wieder.

Nach zwei Wochen ging es deiner Tochter bereits viel besser. Die Schmerzen waren erträglich. Bald durfte sie mit dir nach Hause. Lediglich die Entzündung an der Operationswunde bereitete den Ärzten etwas Sorge. An dem Nachmittag vor ihrer Entlassung ging es Jette nicht so gut. Ihre Temperatur war erhöht und sie wirkte schlapp und müde. „Alles in Ordnung mit dir, mein Schatz?" Mit weit aufgerissenen Augen schaute sie dich an und nahm deine Hand. „Ach Mama, hab doch nicht immer so eine Angst. Ich bin nur ein wenig kraftlos heute. Die Physiotherapeutin hat zu viel mit mir trainiert. Freu dich doch, morgen komme ich nach Hause."

Ihr leicht verzerrtes Gesicht verriet dir, dass etwas nicht stimmte. Sie hatte eindeutig Schmerzen. Schweren Herzens hattest du dich von ihr verabschiedet. An Schlaf war in dieser Nacht nicht zu denken. Dein Herz kam nicht zur Ruhe und schickte unheilvolle Signale.

Am nächsten Morgen begrüßten dich rasende Kopfschmerzen. Ausgerüstet mit Aspirin machtest du dich auf den Weg in die Klinik. Du wurdest das Gefühl nicht los, dass etwas Furchtbares geschehen war. Etwas, dass du nicht aufhalten konntest. Der Schreck fuhr durch alle deine Glieder, als deine Vorahnung sich bewahrheitete und Jette nicht in ihrem Zimmer lag. Aufgelöst ranntest du zur Krankenschwester. Sie fing dich in ihren Armen auf. „Bitte sagen Sie mir, dass alles in Ordnung ist, bitte, bitte, bitte. Wo ist mein Kind?" Die schlanke, ungefähr fünfzig Jahre alte Krankenschwester befreite sich aus deiner Umarmung und blickte dir mitfühlend in die Augen. „Beruhigen Sie sich erst einmal, Frau Danner. Jette liegt seit heute Nacht auf der Intensivstation und wird dort gut versorgt."

„Warum?" fragtest du entsetzt. „Ich darf Ihnen leider keine Auskunft geben, aber ich denke, mit dem Fuß stimmt etwas nicht. Fahren Sie mit dem Fahrstuhl in den vierten Stock und fragen Sie dort nach."

Auf dem Weg nach oben hattest du immer wieder Menschen angerempelt. Du wusstest bis dahin nicht, wie viele

Organe sich in einem Körper verkrampfen konnten, während deine Atmung für einen Moment zum Stillstand kam.

Endlich warst du da. Unzählige Schläuche waren an Jettes Armen, in der Nase und auf der Brust angeschlossen. Das monotone Piepsen der Maschinen durchbrach die Stille. Du hieltest ihre Hand. Dicke Tränen tropften auf Jettes Bett. Sie hatten deine Tochter in ein künstliches Koma gelegt. Der Fuß hatte sich gefährlich entzündet und mit Keimen infiziert. Jette wurde mit Antibiotika, Schmerzmitteln und fiebersenkenden Medikamenten versorgt. Sollte es nicht binnen vierundzwanzig Stunden besser werden, müsste man ihr den Fuß amputieren.

„Gibt es keine andere Möglichkeit? Sie ist noch so jung." Der Chefarzt Dr. Ambani, ein freundlicher, dunkelhäutiger Mann mittleren Alters, schüttelte den Kopf. „Es tut mir leid Frau Danner, aber um das Bein nicht zu gefährden, bleibt uns dann nur eine Amputation. Jette könnte sonst sterben, sollte der Keim sich weiter in ihrem Körper ausbreiten. Dieser Keim ist antibiotikaresistent und gefürchtet in allen Krankenhäusern. Wir warten jetzt noch

einige Stunden, ob vielleicht ein Wunder geschieht und die Medikamente doch noch anschlagen. Wenn nicht, müssen wir handeln." Er schaute dich mitfühlend an. „Es gibt heutzutage sehr viele Möglichkeiten, die das Leben mit einem Handicap erleichtern." Dr. Ambani drückte deine Hand, nahm einen resignierten Atemzug und wandte sich einem Kollegen zu.

Dir war, als gäbe es eine gewaltige Explosion und ein Meteorit schlüge direkt vor dir ein. Du kipptest langsam nach vorne über. Dir war speiübel. Unfähig, dich mit der Welt um dich herum zu verbinden.

Am Telefon gab dein Mann sein Einverständnis. Er war unabkömmlich in Amerika, wünschte euch aber viel Kraft. Alles an dir tropfte und triefte. Deine Nase, deine Augen und der Angstschweiß von deinen Händen. Du fühltest dich beim Ausfüllen der Formulare, als wenn du ein Todesurteil für dein Mädchen unterschreiben würdest. Deine süße Jette, die dir schon so viele Sorgen bereitet hatte. Die dich in all den Jahren immer wieder zur Weißglut brachte, es aber auch schaffte, sie im nächsten Moment zu löschen, indem sie zärtlich mit ihrer kleinen Hand über dein Gesicht streichelte.

Deine Gebete blieben unerhört. Die Amputation war unumgänglich. Der Eingriff dauerte Stunden. Ella und du wechselten nervös die Positionen zwischen Warteraum und Cafeteria. Dann endlich die erlösende Botschaft, dass Jette die Operation soweit gut überstanden hatte und man bis in zwei Tagen sagen konnte, ob sie über den Berg sei. Zwei Tage, in denen du dich nicht von ihrem Bett bewegtest. Selbst der Weg zur Toilette dauerte dir zu lang. Wenn du durch ihre widerspenstigen, wilden Locken strichst, war dir, als gleite die Lebendigkeit eines jungen, ungezähmten Wildpferdes durch deine Finger.

Sie erklomm diesen Berg, deine tapfere Kleine mit der Stärke einer Löwin. Ihr Mut, ihre jugendliche Weisheit übertrafen bei Weitem dein eigenes Vertrauen in das Leben. Der unerschütterliche Glaube an das Universum, das einen Platz für sie bereithielt, und an ihre Bestimmung, gaben Jette die Kraft sich in das Schicksal zu fügen und das Leben trotz Handicap zu lieben. Deine Bewunderung wurde oft genug von Scham abgelöst, wenn Jette dich wieder einmal tröstete und dir zu verstehen gab, dass alles so kam, wie es kommen musste. „Mama, hör auf, dich dagegen zu wehren. Du kannst es nicht ändern. Ich komme klar. Alles ist gut." Sie haderte nicht mit ihrem Schicksal, sondern machte daraus eine Aufgabe, die das Leben ihr zugedacht hatte.

Die Küchenrolle neben meinem Bett gab kein einziges Blatt mehr her. Quer durch das Zimmer verteilt lagen die vollgeschnäuzten, zerknüllten Tücher. Es gelang mir nicht, beim Lesen dieser Geschichte still sitzen zu bleiben. Aufgewühlt dachte ich daran, wie Jette sich von nichts und niemandem unterkriegen ließ. Sie kam uns unbeirrbar entgegen. Streckte ihre Hand nach uns aus und steckte Ella und mich mit ihrem Optimismus, ihrer Lebensfreude an.

Nach der ersten Trauer um ihren Fuß schmiedete sie Pläne. Um jeden Preis wollte sie Gärtnerin werden. Schon immer liebte sie es, in der freien Natur zu sein.

Jette bestimmte die Pflanzen und Käfer, versuchte Vogelstimmen zu erkennen und schaffte es, stundenlang vor einem Maulwurfshügel zu liegen, um zu warten, bis der blinde Bursche Lust auf Tageslicht bekam. Mit der wunderbar gefertigten Prothese konnte sie ohne erhebliche Einschränkungen ihren Traum verwirklichen.

Sie unterschied sich äußerlich kaum von den anderen Mädchen, war sich aber ihrer interessanten Geschichte durchaus bewusst und genoss die Aufmerksamkeit und Bemutterung der Freunde. Den versäumten Lehrstoff arbeitete sie mit viel Geduld und Nachhilfeunterricht auf und schrieb eine recht passable Prüfung für die Mittlere Reife. Es kehrte bald der ganz normale Wahnsinn wieder ein und man konnte meinen, dieses Ereignis hätte nur bei mir seine Spuren hinterlassen.

Meine Ängste, meine Panikattacken und die ständige Alarmbereitschaft blieben bis heute ein fester Bestandteil meines Lebens. Diese unheilvollen Fantasien verselbstständigten sich und sammelten sich in endlosen schwarzen Tunneln, aus denen es kein Entkommen gab. Die Sorge, eines der Mädchen verlieren zu können, wog schon immer schwer, doch seit dem Unfall musste mein Herz doppelt so schnell schlagen, um das Gewicht tragen zu können. Wie lange würde ich das noch durchhalten? Mein Geist war sensibilisiert. Er reagierte auf jede bedrohliche Kleinigkeit nach dem immer gleichen Muster: Adrenalin, Adrenalin und noch mehr Adrenalin. Er peinigte mich und ich fand aus diesem Konstrukt nicht mehr heraus. Die Angst, mein treuer Wachhund, witterte jedes Anzeichen, das auf eine eventuelle Katastrophe deuten konnte, und verfolgte sie.

Auf das Drängen von Ruth hin suchte ich mir professionelle Hilfe bei einem Psychiater. Doch nach einigen Sitzungen wurde alles nur noch schlimmer. Ich wollte auf der Stelle sterben. Herr Weiler, der Therapeut, erzählte mir etwas von einem Trauma und dass diese seelische Erschütterung umgeschlagen wäre in eine gedankliche Vorwegnahme des Schlimmsten. Soweit stimmte ich ihm zu, jedoch fing er an, all meine Erlebnisse zu dramatisieren. Herr Weiler wollte mich in eine Klinik einweisen und mich mit angstlösenden Medikamenten vorerst ruhigstellen. Ständig redete er mir ein, dass mit mir etwas nicht in Ordnung sei. Hatte nicht genau das Ludwig seit Jahren mit mir gemacht? Alles bäumte sich in mir auf. Ich spürte, dass es noch einen Funken Lebenswillen, ein bisschen Urvertrauen in mir gab.

„Tut mir wirklich leid, das mit deiner Therapie", versuchte Ruth mich zu trösten. „Es gibt unter den Therapeuten leider auch diejenigen, die ihre eigenen Ängste auf den Patienten projizieren. Scheint wohl so einer gewesen zu sein, der dich noch mehr verunsicherte und dir die Lösung deiner Probleme vorgab, anstatt dich dahin zu bringen, selber einen Weg aus der Angst heraus zu finden." Ruth umarmte mich. „Pass auf, ich hab da eine Idee!" sie schmunzelte. Am darauffolgenden Tag nahm sie mich mit in ihren

Yoga Kurs. Dort lernte ich unter anderem eine Atemtechnik, die ich immer und überall anwenden konnte. Diese bewussten Atemzüge machten mich ruhig, sodass die Panikattacken kontrollierbar wurden.

Ludwig verstand mich nicht. Für ihn war mit Jette wieder alles in bester Ordnung. Für ihn war überhaupt alles wieder in bester Ordnung. Wir sprachen nicht dieselbe Sprache. Was ging bloß in seinem Hirn vor sich?

„Du erziehst unsere Kinder zu verweichlichten, undisziplinierten Menschen ohne Rückgrat. Reicht es denn nicht, dass du ein Psycho bist?" Solch denunzierende Unverschämtheiten ließ ich über mich ergehen, wenn wir wegen Jette telefonierten. Dass er sich nicht um mich bemühte und rücksichtslos sein Gift verspritzte, damit musste ich irgendwie leben, aber Jette? Sie hätte all seinen Respekt verdient. Die Liebe war für mich ein Mythos geworden. Ein unwirklicher, aber wünschenswerter Zustand. Der Mensch schien in der Tat das einzige Lebewesen zu sein, welches Erwartungen an sich und andere stellte. Es genügte uns Menschen nicht, einfach nur zu sein und dafür geliebt zu werden.

Plötzlich brummelte neben meinem Bett eine tiefe Stimme die vertraute Melodie. Ich summte mit und freute mich, dass er gekommen war. Aber Jophiel ließ sich nicht wirklich auf mich ein und wirkte ungewohnt aufgeregt. „Ich habe etwas mit dir vor, Mareike. Könntest du dir kommendes Wochenende für mich Zeit nehmen?" Verblüfft linste ich zu ihm herüber. „Samstagmittag um fünfzehn Uhr holst du mich bitte an der Bushaltestelle in der Ortsmitte ab und am Sonntag um die Mittagszeit bist du wieder zu Hause." Ich überlegte und kam zu dem Entschluss, dass einem Ausflug nichts im Wege stand.

Erst in der darauffolgenden Woche würde Ludwig heimkommen und die Mädchen konnten sich alleine Versorgen. „Also gut, ich kann es einrichten", sagte ich schließlich. „Was soll ich einpacken?" „Nimm bequeme Sachen mit und eine warme Jacke. Wir werden dort genug Zeit zum Reden haben. Ich freue mich auf dich." Er verließ mein Zimmer. Ich suhlte mich in seinen Worten. Wie lange war es her, dass ein Mann sich auf mich freute. Nur auf mich und nicht auf meine Dienste. Ich fieberte dem Wochenende entgegen und konzentrierte mich nur bedingt auf meine Arbeit. Was er wohl mit mir vorhatte?

Samstagmittag um fünfzehn Uhr konnte ich weit und breit keinen Jophiel an der Bushaltestelle entdecken. Ich stieg aus dem Wagen, ließ meinen Blick unsicher umherschweifen. Hatte ich ihn falsch verstanden? Sichtlich beunruhigt setzte ich mich wieder hinter das Steuer und schaute unentwegt auf meine Uhr.
Mit Schwung riss jemand den Kofferraumdeckel auf. Ich zuckte zusammen und drehte mich nach hinten um. „Einen wunderschönen guten Tag", schallte Jophiels tiefe Stimme nach vorne. Voll freudiger Erwartung sprang er auf den Beifahrersitz. „Entschuldige,

ein Notfall kam mir dazwischen und anrufen kann ich dich schlecht. Aber jetzt fahren wir los." Ich gab mich mit seiner Erklärung zufrieden. Wenn ich eines im Leben gelernt hatte, dann war es geduldiges Warten. Stundenlanges Ausharren bei den Kinderärzten, in den Krankenhäusern, bei Zahnärzten oder am Bettchen der Kinder, bis das Fieber gesunken war. Warten auf meinen Mann und zu guter Letzt auf meine Erleuchtung. Warum nicht zur Abwechslung auch auf einen Engel?

Er führte mich weit auf das Land hinaus. Nach zweistündiger Autofahrt kam mir die Sache nicht ganz geheuer vor. „Bist du dir sicher, dass wir hier richtig sind? Hier sagen sich ja Fuchs und Hase gute Nacht."
„Nicht so nervös, junge Frau. Dort vorne biegen wir rechts rein, dann wirst du sehen."

Hektisch folgte ich seiner Anweisung und nach einem Kilometer lag in Sichtweite an einem Waldrand ein großer Parkplatz. Ich stellte den Wagen ab, nahm meinen Rucksack über die Schulter und schloss das

Auto zu. Fragend schaute ich Jophiel an. „Und nun?"
„Nun wandern wir eine halbe Stunde den Hügel dort vorne hinauf." Leicht enttäuscht blinzelte ich ihn an. Ich hatte mir etwas Spektakuläres unter unserem Ausflug vorgestellt, stattdessen wanderten wir schweigend den kleinen Berg hoch.

Ab und zu reichte er mir seine Hand, wenn die Strecke unwegsam wurde, ansonsten herrschte absolute Stille. Nach zehn Minuten hielt ich es nicht mehr aus. „Ist das hier ein Schweigemarsch? Oder warum sagst du nichts?" Jophiel drehte sich um und lachte. „Wenn du es so nennen willst. Es ist der Weg zu dir. Ich dachte, dass du es vielleicht erkennen würdest." „Für so etwas bin ich doch viel zu aufgeregt", schnaufte ich peinlich berührt. „Ganz schön steil hier."

Er hielt kurz an und nahm mich in den Arm. „Verzeih, das hätte ich mir eigentlich denken können. Wir sind bald an unserem Ziel. In Ordnung?"

Unser Blick fiel auf eine kleine Holzhütte wenige Meter vor uns. Romantisch unter den Bäumen versteckt, mit einer Feuerstelle davor, in der die Flammen bereits züngelten und uns dazu einluden, uns zu wärmen. Die Dämmerung brach langsam herein. Wir setzten uns auf eine der Bänke vor das Lagerfeuer. Jophiel packte zwei Sektgläser aus seinem Rucksack aus und eine Flasche Sekt. „So, jetzt stoßen wir zwei erst einmal an. Auf uns, auf dich, auf dein Leben. Ich bin stolz auf dich Mareike. Du hast sehr viel erreicht. Dein wundervolles Armband ist mir nicht entgangen. Es ist ein Zeugnis deiner Hingabe und der demütigen Bereitschaft, Frieden zu schließen." Wir prosteten uns zu und mir wurde angenehm leicht im Kopf. „Das ist wie früher nach unseren Wanderungen, fehlt nur noch eine Gitarre und die Lagerfeuerromantik ist perfekt." „Warts ab, der Abend hat erst begonnen. Hast du dein Handy dabei?" Verwundert blickte ich ihn an und nickte. „Dann schalte es bitte aus, damit wir ungestört sind." „Nein, mach ich nicht. Ich muss doch erreichbar sein, wenn irgendetwas passiert. " „Liebste Mareike, ich wusste, dass du deine Ängste mit auf diesen Ausflug nehmen würdest. Darf ich dir einmal etwas erklären?" Ich zog die Schultern nach oben.

„Deine Angst ist nichts anderes als ein Gedankenmuster. Sie gehört zu dir und wenn du nicht gegen sie ankämpfst und sie akzeptierst, wirst du aus ihr lernen und an Lebenskraft gewinnen. Versuche das Gute zu denken. Untersuche deine Angst im Licht der Vernunft. Deine Mädchen sind erwachsen. Sie wissen sich zu helfen. Was auch geschieht, du wirst es nicht verhindern. Wisse, dass jedes menschliche Leben, auch deins und dass deiner Kinder, ein Geheimnis trägt, dessen Spur ihr verloren habt. Dieses Geheimnis findet ihr, wenn ihr sterben werdet. Der Tod ist euch gewiss, aber in Wirklichkeit gibt es ihn gar nicht. Ihr kommt alle drüben an, in einer neuen Dimension eures Lebens. Vielleicht hilft dir dieses Wissen. Die Mädchen sind aus dem gleichen Grund auf der Erde wie du. Es fehlt ihnen noch die eine oder andere Erfahrung, die ihre Seele machen muss. So, und jetzt verschwinde ich kurz in der Hütte und wenn ich dich rufe kommst du bitte rein, ja?"

Nachdenklich beobachtete ich die Flammen die ihre Funken versprühten und schaltete das Handy aus. Für einen Moment fühlte ich nichts mehr. Keine Angst, keine Sorgen, keinen Schmerz. Doch es reichte ein Wimpernschlag, um diese Leichtigkeit zu zerstören. Ich verstand, was Jophiel mir sagen wollte. Niemals hätte ich gedacht, dass meine Mutterliebe so authentisch sein würde, wie die einer leiblichen Mutter. Sie hatte sich durch Interaktion im Laufe der Zeit entwickelt und unterschied sich nicht mehr von dem biologischen Ursprung. Die Töchter freizugeben und ihnen zu ermöglichen, für ihr Leben die Verantwortung zu übernehmen, sollte wohl meine momentan wichtigste Lektion sein. Geduld, meine Kinder. Geduld. Ich lerne ja schon.

Jophiels Stimme durchbrach mein Grübeln: „Bist du bereit? Du darfst jetzt reinkommen." Aufgeregt erhob ich mich, nahm den letzten Schluck aus meinem

Glas, stellte es auf dem kleinen Tisch neben dem Eingang ab und öffnete die Türe. Was ich sah, ließ sich kaum in Worte fassen. Das flackernde Licht dutzender großer Kerzen durchflutete den Raum. Ein kleiner Tisch, eine gemütliche Eckbank und zwei hölzerne Einzelbetten waren das einzige Inventar. In einer offenen Kochstelle knisterte das Holz. Es verströmte eine kuschelige Wärme und den Duft von Harz. Ich trat ein, in eine Welt aus Licht und der Glanz blendete mich. Tränen kullerten über meine Wangen. Jophiel nahm meine Hand und führte mich vorbei an unzähligen Staffeleien, auf denen Leinwände mit meinen Fotos, die er vor einiger Zeit in dem Park von mir gemacht hatte, standen. „Sieh, höre und staune, Mareike."

Mit verheultem Blick betrachtete ich die Bilder. Aber mit den Augen alleine konnte man diese Schönheit nicht begreifen. Ich konnte nicht glauben was ich sah.

„Ich habe noch nie so etwas Schö...." Ein Kloss in meinem Hals versperrte der Stimme den Weg. Meine

Knie zitterten. Ohne es verhindern zu können brach ein Damm und überschwemmte sintflutartig meine Beherrschung, um die ich stets bemüht war. Ich ließ mich auf den Boden sinken und weinte, bis ich mich völlig leer fühlte. Mit dem Ärmel meiner Jacke wischte ich mir die Spuren der Flut aus dem Gesicht, schniefte noch zweimal und stand wieder auf.

Das flackernde Licht tauchte die Fotos in eine unbeschreibliche Intensität. Mit kratziger Stimme versuchte ich, etwas zu sagen: „Was machst du mit mir, Jophiel? Das bin unmöglich ich." „Doch, dass bist du. Die glückliche Mareike, die entspannte, freie, sorglose, entzückende, einzigartige Mareike." „Ja, das möchte ich sein. War ich denn überhaupt jemals so? Wann habe ich mich verloren? Ich muss mich ein Leben lang aushalten und das funktioniert nicht, ohne mich zu lieben und zu beachten. Ich bin diese Frau auf den Bildern und werde die hohe Kunst des Glücklichseins erlernen." Erschöpft sank ich abermals auf den Boden. Jophiel setzte sich zu mir.

Er legte meinen Kopf in seinen Schoß. „Nutze deine Gabe, zu fühlen, was andere nicht spüren können oder wollen. Setze sie sinnvoll ein. Lebe einfach und nimm die Menschen, wie sie sind. Du hast immer die Wahl. Du kannst jederzeit jeden Ort verlassen, der dir nicht guttut. Nur, vollbringe nichts aus dem Zorn heraus, sondern im Einklang mit deinem Herzen."

Ich betrachtete noch eine Weile die Bilder und spürte, wie sich Fesseln von meiner eingeschnürten Seele lösten. „Jetzt ist deine Zeit, Mareike. Jetzt, ab hier und heute", rief mir eine innere Stimme zu. Wir zogen die warmen Jacken an und gingen nach draußen, um uns am Lagerfeuer dieser einzigartigen Atmosphäre hinzugeben.

„Wir Menschen lernen doch nie aus, Jophiel, und am allerwenigsten kennt man sich selber. Wie verankert sind die Rollen, die uns ein Leben lang beschäftigen. Ich sah mich stets mit den Augen meines Gegenübers, anstatt zu mir zu stehen."

Plötzlich ertönten Gitarrenklänge. Jophiel forderte mich zum Tanz auf. Mit Wanderschuhen, dicken Jacken und einer seligen Stimmung tanzten wir in der dunklen Nacht. Ich hoffte, es möge nie zu Ende gehen. Irgendwann überkam allerdings auch uns die Müdigkeit. Wir zogen uns in die Hütte zurück. Anfangs lag jeder auf seinem Bett. Aber ich konnte nicht einschlafen. Zu aufgewühlt war meine Seele.

„Du Jophiel, darf ich mich zu dir legen?" fragte ich schließlich. „Ich kann nicht schlafen und mir ist kalt." Das Feuer in der Kochstelle war erloschen. Nur noch einzelne Kerzen flammten vor sich hin und projizierten einen schwachen Lichtschein in die Dunkelheit. „Also gut", flüsterte er. Ich legte mich neben ihn auf das schmale Bett. Mit dem Rücken zu ihm gewandt spürte ich seinen warmen Körper und lauschte seinem ruhigen Atem. Er deckte mich zu und legte behutsam seinen Arm um mich. „Schläfst du schon?" leise richtete ich meine Worte an ihn.

„Nein was gibt es denn?" „Ich wollte dich noch was fragen. Warum trägst du denn immer diesen grauen Panama Hut? Hat der eine Bedeutung?" Ich merkte wie er schmunzelte. „Ich wusste, dass du danach fragen wirst. Nein, ich fühle mich einfach behütet, wenn ich ihn trage. Musst du auch mal ausprobieren." „Ach so, sonst nichts? Hätte ja auch ein Zauberhut oder ein Wunschhut sein können." „Ja, könnte er sein, wenn ich das möchte. Ich richte meine Wünsche jedoch lieber an mich selber, denn keiner außer mir selbst kann sie erfüllen."

Ich kuschelte mich noch ein Stückchen näher an Jophiel und nach wenigen Minuten schlief ich ein. Es war ein traumloser, tiefer Schlaf, aus dem ich erwachte, als der Duft von frischem Kaffee meinen Geist ermunterte aufzustehen. Jophiel hatte ein kleines Frühstück angerichtet. „Einen wunderschönen guten Morgen. Hast du wohl geruht?" fragte er lächelnd. Gähnend streckte ich meine Glieder und stand auf.

„Tief und fest. Ich habe nicht einmal bemerkt, dass du aufgestanden bist. Und das Frühstück ist auch schon fertig. Dich kann man wirklich gebrauchen." Er erwiderte mein Lächeln. Mein Blick fiel erschrocken auf die leeren Staffeleien. „Wo sind denn die Bilder?" „Die habe ich in deinem Auto verstaut, die gehören dir und sollen dich stets daran erinnern, wer du wirklich bist." „Das hast du alles heute Morgen schon gemacht? Du bist tatsächlich zum Auto gelaufen und wieder zurück?"

Sein Gesichtsausdruck gab mir zu verstehen, dass es Dinge gab, die ich niemals begreifen würde. „Ja, habe ich. Und nun lass uns frühstücken."

Neben der Hütte gab es ein kleines Plumpsklo und davor einen Brunnen mit eiskaltem, fließendem Wasser. Ich schnappte mir meinen Kulturbeutel und verschwand in dem Freiland-Badezimmer, um den Schlaf aus meinen Augen zu waschen. Notdürftig richtete ich meine Haare. Während wir beide später genüsslich an unserem Kaffee nippten, fiel mir plötzlich mein Handy ein und dass die Mädchen noch nichts von mir gehört hatten. „Darf ich nun mein Handy wieder einschalten?"

Jophiel lächelte und meinte: „Du darfst alles, es ist dein Leben. Du bist die Schriftstellerin, die Darstellerin und die Regisseurin deines Lebens. Ich habe nur ausgegraben, was du schon immer wusstest. Du bist diejenige, die ihren Schatz des Seins wohldosiert mit anderen teilt."

Wenn er so zu mir sprach, wusste ich, dass er nicht von dieser Welt sein konnte. Seine Worte waren keine Worte, sondern ein Gefühl. Sie trafen direkt ins Herz. Alles war im selben Augenblick so klar, so einfach und aufgeräumt. Wehmütig, fast sehnsüchtig schaute ich ihn an und fragte: „Das hier ist das Ende unserer gemeinsamen Reise, nicht wahr?" „Ja, Mareike. Ich habe dir das Gehen beigebracht, laufen musst du nun alleine. Laufe deinem Ziel entgegen, egal welche Richtung du wählst. Wir haben gemeinsam die, zumeist negativen, Erlebnisse deiner Vergangenheit aufgearbeitet. Rufe dir nun das Schöne in deine Erinnerung. Dein Leben ist nicht nur rau und ungereimt. Sei guten Mutes auf deinem Weg."

„Und wenn ich es nicht schaffe? Kannst du nicht noch ein bisschen mit mir gehen? Du gibst mir das Gefühl, dass mein Leben nicht vorbei ist, sondern gerade erst beginnt." Er streichelte meine Wange. „Fürchte dich nicht. Du wirst nicht alleine sein. Ich werde immer da sein, wenn deine Seele sich mit dem Verstand verbindet und somit wird Veränderung möglich."

Wir räumten unsere Sachen zusammen und machten uns langsam auf den Weg zum Auto. Ich drehte mich noch einmal um und erblickte die Hütte in einem glänzenden Licht. „Darf ich deine Hand noch einmal halten, Jophiel?" Schweigend reichte er mir seine Hand. Wortlos liefen wir den kleinen Berg hinunter. Den Rucksack verstaute ich auf der Rückbank des Wagens und schloss die Türe. Mein Blick suchte traurig seine Augen. Ich legte mein Gesicht hingebend in seine Hände, er küsste mich auf die Stirn. Die Gewissheit, dem Leben würdig zu sein, wie ich es zuletzt auf dem Schoß meiner Großmutter empfunden hatte, durchströmte mich. Wir sprachen kein Wort mehr. Alles war gesagt, alles war gut und alles sollte so sein, wie es war.

Jophiel lief los. Meine Augen wanderten ihm hinterher, bis seine Gestalt in dem kleinen Wald verschwunden war.

An die Fahrt nach Hause konnte ich mich nicht mehr erinnern. Mir war unglaublich leicht zumute. Kein Gedanke quälte, kein Zweifel schrie.

Kapitel 3

Das neue Leben

Daheim erwarteten mich Ella, Jette und natürlich Molly. Stürmisch wurde ich von allen dreien begrüßt. Es tat gut, meine Liebsten wieder in die Arme zu schließen. Ich drückte sie so fest an mich, als wäre ich ein Jahr fort gewesen.

In der Tat war ich im letzte halben Jahr ausschließlich in eigener Sache unterwegs gewesen. Aber das wussten weder meine Kinder, noch mein Mann. Was ich erleben durfte, war weit weg von der Wirklichkeit und doch so nah an ihr dran.

Dass ich Ludwig endlich verzeihen musste, wusste ich. Aus Verbitterung heraus kann nichts Gutes entstehen, hatte Jophiel gesagt, und ich wollte, dass mein Leben gut wird. Gewiss, wüsste ich heute ohne die einsamen Jahre an Ludwigs Seite nicht so viel über mich selbst. Die Menschen dürfen wachsen mit ihren Beziehungen.

Jophiel zuzuordnen wird mir wohl nie möglich sein. Ich habe aufgegeben eine Erklärung dafür zu finden. Der Ordner war nicht mehr auffindbar. Lediglich in einem Traum erschien mir Jophiel noch einmal.

Wir saßen in einem hölzernen Ruderboot und fuhren über einen kleinen See. Er sprach von leeren Seiten, die nun geschrieben werden müssten. Ich spritzte ihm Wasser ins Gesicht. Wir lachten fröhlich. Jophiel steckte mir einen Zettel in meine Tasche, auf dem stand: „Ihr Menschen könnt jedes Wunder erklären, ja sogar das gesamte Universum ergründen, trotzdem wird da immer ein Zauber zwischen Himmel und Erde sein, den ihr niemals entdecken werdet. Jophiel."

Als ich erwachte, war ich mir ganz sicher, was als erstes auf den leeren Seiten zu stehen hatte.

Doch bevor mein Ordner sich weiter mit meinen Lebensgeschichten füllen sollte, gab es noch eine Mission für mich. Ein Symbol fehlte noch an meinem Handgelenk. Eines für alle. Für diejenigen, die mir etwas vergeben mussten und für die Menschen, die mein Leben wertvoll gemacht haben. Sie waren der Grund, dass es mich heute noch gab. In Gedanken überreichte ich jedem diese weißgoldene Blume, die an meinem Armband hing.

Einige Monate später. Der Frühling versprühte schon seinen ersten Duft, nahm ich all meinen Mut zusammen und bat Ludwig um ein Gespräch. In der kleinen Pizzeria suchten wir uns einen Tisch ziemlich hinten an der Wand, um ungestört zu sein. Die Stimmung war kühl und unsere Begegnung deutete eher auf einen Pflichttermin, als auf eine Herzensangelegenheit, hin.

Wir saßen uns gegenüber. Seine kleinen, grauen Augen musterten mich anzüglich. Mit diesem Blick schaffte er es immer wieder, mich einzuschüchtern.

„Ich fände es schön, Ludwig, wenn du mich nicht so anstarren würdest, das verunsichert mich. Wenn etwas nicht in Ordnung ist, sag es bitte", begann ich schließlich das Gespräch.

Er ignorierte meine Bitte und beschäftigte sich unterdessen mit der Speisekarte. In Gedanken musste ich mir laufend gut zureden. „Du kannst ihn nicht ändern, Mareike. Sei fair und sag, was du zu sagen hast, mit klaren, einfachen Worten. Er wird dich wahrscheinlich eh nicht verstehen können." Ich sammelte meine Kraft und atmete tief ein. „Ich möchte mich von dir scheiden lassen." Banges Warten auf Ludwigs Reaktion ließ mein Herz schneller schlagen. Ihm entglitten seine markanten, stets kontrollierten Gesichtszüge. Eine Träne blitzte in seinen Augen auf. Er unterdrückte die Betroffenheit und schaute hochmütig zu mir.

„Bist du dir sicher ohne mich klarzukommen? Wovon willst du Leben?" Es überraschte mich nicht, dass er versuchte, mir meine Untauglichkeit einzureden. Doch seine Strategie war mir bestens vertraut und konnte an meinem Entschluss nichts mehr ändern. „Wenn wir das Haus verkaufen, würde ich mir eine kleine Wohnung nehmen und mir irgendwo einen Raum anmieten, um ein Atelier zu eröffnen. Dir ist bestimmt nicht entgangen, dass meine Auftragslage gar nicht so schlecht ist. Ich kann mittlerweile davon leben."

„Na prima, dann ist ja alles gesagt. Mareike Danner hat mal wieder entschieden und so wird es gemacht." Seine Augen funkelten mich grimmig an. In mir brodelte es. Dieser Blick ängstigte mich und damit ich nicht wie früher den Rückzug antrat, summte ich innerlich die Erkennungsmelodie Jophiels.

„Es geht hier auch nicht um Schuld. Wir waren beide nicht ehrlich miteinander." Ludwig schaute mich an, als hätte er nicht verstanden, was ich gesagt hatte. Es war ihm alles, wirklich alles, im Weg. Seine Verbitterung, sein Stolz, sein Hass und vor allem die Angst vor seinen Gefühlen. Während ich mich zu intensiv in die Empfindungen anderer Menschen hineinversetzen konnte, gelang es ihm zu wenig. Er war nicht bereit zu lernen oder nachzuholen, was er in seinem bisherigen Leben nicht lernen durfte. Sanftmütig forderte ich ihn auf, mit mir Zukünftiges zu besprechen: „Ich bin offen für Vorschläge, wenn du eine andere Idee hast. Vielleicht möchtest du ja das Haus behalten. Das wäre mir auch recht. Dann bezahlst du mich einfach aus." Mit einem leicht scherzhaften Ton versuchte ich die Situation aufzulockern, obwohl ich wusste, wie aussichtslos dieses Bestreben war.

„Hast du einen anderen Mann? Du warst im letzten halben Jahr richtig schräg drauf. Ich habe schon immer vermutet, dass du während meiner Abwesenheit mit anderen Männern ins Bett steigst." Mich wunderten seine Vermutungen nicht. Er hatte mir nie wirklich vertraut. Um zu vertrauen, sollte man beziehungsfähig sein. Immerhin schien es ihn zu interessieren, ob es Konkurrenz gab.

„Nein, und ich habe auch nicht vor, einen neuen Mann kennenzulernen. Weißt du, Ludwig, wir sind einfach zu verschieden. Das Fatale daran ist, dass keiner etwas dafürkann. Wir passen nicht zusammen. Die Besonderheiten des Partners betrachteten wir als boshafte Eigenschaften. Keinem von uns gelang es, die Erwartungen des anderen zu erfüllen und somit fingen wir an, uns gegenseitig ändern zu wollen. Meinst du nicht, dass wir die eigene Unzufriedenheit lange genug dem anderen in die Schuhe geschoben haben? Wir haben uns die Köpfe eingerannt und trotzdem keinen gemeinsamen Nenner gefunden. Lass uns bitte friedlich auseinandergehen, es gibt eigentlich nichts mehr zu sagen, außer sich für die Zukunft ein gutes Leben zu wünschen."

Flehentlich signalisierte ich mit einem Lächeln die weiße Fahne. Er brüskierte sich und antwortet stur:

„Siehst du, du hast ja bereits jegliche Schritte durchdacht. Einfach über meinen Kopf hinweg. Bestimmt steht dein Anwalt in den Startlöchern und wartet darauf, mir das Geld aus der Tasche zu ziehen." Eine weitere Diskussion wäre zwecklos. Mein Versuch, ohne Vorwürfe und sachlich eine Lösung zu finden, war zum Scheitern verurteilt. Jetzt war der Rückzug die bessere Wahl, um eine sinnlose Eskalation zu vermeiden. Mit ruhiger Stimme verabschiedete ich mich von ihm. „Ich verstehe, dass du gekränkt bist, aber wenn ich jetzt nicht gehe, verhärten sich die Fronten. Das macht keinen Sinn. Es tut nur weh. Bitte lass meine Pizza einpacken, ich laufe derweilen nach Hause. Ich möchte nicht mehr streiten."

Perplex blickte mein Mann mich an, als ich meine Tasche und meine Jacke schnappte und das Lokal im Eilschritt verließ. An der frischen Luft atmete ich dreimal tief durch, wischte mir die Tränen von den Wangen und steuerte geradewegs den Heimweg an.

Wir mussten wohl oder übel noch eine Zeit lang miteinander auskommen. Noch niemals war ich so glücklich darüber, dass Ludwig sich meistens im Ausland aufhielt. Die Angst, dass sich das Drama meiner Eltern wiederholen könnte, war groß. Zu meiner Überraschung verhielt Ludwig sich sehr friedlich. Ihm schien der Ernst der Lage bewusst zu sein und er beschränkte sich auf die üblichen Sticheleien. Mit viel Geduld und Verständnis für mich selber, beobachtete ich mein Denken und Handeln. Fehler wurden aufgedeckt, um sie zu korrigieren. Es war nicht leicht, die antrainierten Verhaltensmuster abzulegen. Aus dem Netz von Verurteilung, Beurteilung und Beschuldigungen auszubrechen. Doch ich kam voran und spürte, dass vieles, zu dem ich früher nicht fähig war, wie von selber geschah.

Der Sommer brachte dann eine Wende für mich. Überall standen Kartons und Plastiksäcke im Haus herum. Alle schwirrten geschäftig wie in einem Bienenstock umher. Ella und Jette bereiteten ihren Auszug vor. Seit ungefähr einem Jahr kannte Ella ihren

Freund Max. Ein netter junger Mann, Mitte zwanzig, groß, blond, mit funkelnden, blauen Augen und einer staksigen Figur. Wenn Max lachte, entdeckte man zwei lustige Grübchen auf seinen Wangen, die stets zum Mitlachen animierten. Seine angenehme ruhige Art schien die perfekte Ergänzung zu Ellas Wesen. Stundenlang hörte ich sie in Ellas Zimmer miteinander kichern und reden. Es ist gut, dachte ich bei mir, dass er mit ihr spricht, denn nichts hätte mich mehr aufgewühlt, als ein ignoranter Mann an ihrer Seite.

Eine hübsche Zweizimmerwohnung in dem Nachbarort, in dem Ella ihre Ausbildung gemacht hatte, sollte das neue Heim der jungen Liebe werden. Ich hatte ein gutes Gefühl, Ella in Max Obhut zu geben.

Mich von Jette zu trennen fiel mir hingegen ausgesprochen schwer. Mein Sorgenkind, wobei sie stärker und zielstrebiger durch ihr Leben spazierte, als manch ein anderer. Jette wusste immer, was sie wollte, und ließ sich von ihrer Behinderung nicht einschüchtern. Sie war eine wundervolle Gärtnerin mit dem Sinn für das Schöne. Mit zwei Freundinnen zusammen mietete sie ein kleines, altes Häuschen am Rande der Stadt, natürlich mit Garten. Jette hatte ihre Ausbildung noch nicht ganz beendet und ich machte mir Sorgen darüber, ob sie alles unter einen Hut bringen würde. Gewiss unberechtigt, denn ihre Freundinnen waren die besten Freundinnen die man sich wünschen konnte.

Nina, die Älteste von ihnen, strotzte vor Tatendrang. Ihr Organisationstalent kam den Dreien sehr zu gute. Die ruhige Marie hingegen hatte ein gütiges Wesen. Sie kümmerte sich einfühlsam um alle Herzensangelegenheiten. Gemeinsam hatten die Mädchen alle fünf Zimmer in dem Haus entrümpelt, renoviert und mit gebrauchten Möbeln eingerichtet. Eine ganz besondere Atmosphäre strahlte ihr neues Zuhause aus. Weil sie die Miete durch Drei teilten, konnten sie ihren Traum ohne Risiko verwirklichen.

Den lieben langen Tag wurde geräumt, sortiert, geschleppt, Treppe rauf, Treppe runter, bis gegen

Abend alles in den beiden kleinen Lieferwagen verstaut war und darauf wartete, einem neuen Lebensabschnitt entgegenzurollen. Sichtlich erschöpft saßen meine Töchter am Tisch.

„Ich habe Pizza für uns bestellt. Das wird vorerst unser letztes gemeinsames Essen sein." Ich strengte mich an, damit meine Stimme nicht verriet, wie traurig ich war. Ein schlechtes Gewissen, wie meine Mutter es mir einst machte, wäre keine gute Voraussetzung für einen Start in die Unabhängigkeit. Stolz betrachtete ich meine Töchter. Vor mir sah ich zwei hübsche junge Frauen. Ella mit den glänzenden, langen Haaren, die glatt über ihre Schultern fielen, einem lieblichen, wenn auch etwas knochigen Gesicht und dem strahlenden Lächeln. Und Jette, die ihre wilden, braunen Locken so oft verfluchte, wobei gerade diese es waren, die dem rundlichen Gesicht mit der kleinen Nase, Liebenswürdigkeit und Sanftmut verliehen. Oh mein Gott, wie würde ich sie vermissen.

Ihr Gezanke um Nichtigkeiten, das Kichern und Albern, wenn sie sich einig waren, die Tränen, wenn sich wieder einmal die ganze Welt gegen sie verschworen hatte, und die Zärtlichkeit, die uns vereinte. Ich musste ihnen nun sagen, dass Ludwig und ich uns trennen werden. Es würde sie nicht gerade umhauen, denn schon längst war ihnen aufgefallen wie es um unsere Ehe stand. Ich hatte irgendwann aufgehört meinen Töchtern etwas vorzuspielen und mich für die Wahrheit entschieden.

„Bevor ihr zwei nun in die große Welt hinauszieht, muss ich euch noch etwas sagen." Ella witzelte „Oh aufgepasst, jetzt wird es philosophisch", merkte an meinem Blick aber schnell, dass es mir ernst war und mir schwerfiel, die richtigen Worte zu finden. Also lächelte sie mir aufmunternd zu. „Entschuldige, Mama. Erzähl, was ist passiert?" Ich räusperte mich. „Es ist alles nicht so, wie ich es mir erträumt habe. Ich hatte mit eurem Vater wirklich schwierige Zeiten und, ohne einem von uns die Schuld dafür zu geben, möchte ich mich nun von ihm scheiden lassen."

Meine Töchter schauten mich mitfühlend an. „Mama, das wundert uns nicht. Wir haben eigentlich schon lange darauf gewartet." Jette stimmte ihrer großen Schwester zu. „Genau, das war doch nur eine Frage der Zeit. Papa war eh nie zu Hause und wenn er da war, hat er sich wie ein Macho benommen. Ich habe nie verstanden, wie du das all die Jahre ausgehalten hast. Wir haben kein Problem damit, stimmt`s Ella?" Sie schaute Ella an. „Stimmt. Papa war auch zu uns nicht besonders herzlich. Wir interessierten ihn doch gar nicht, er hörte nicht mehr zu und gab uns ständig das Gefühl, nervig zu sein. Wenn du nicht immer wieder mit uns darüber geredet hättest, wäre es echt manchmal kaum zum Aushalten gewesen."

Es war mir wirklich stets wichtig, dass die Mädchen sich äußern durften, wenn bei Ludwig und mir der Segen, offensichtlich, schief hing. Für uns Holzmann Kinder war früher das Schweigen der Mutter oft unerträglich. Sie machte damals aus dem Scheidungskrieg ein Tabuthema und nahm uns jede Möglichkeit, mit ihr gemeinsam das Geschehene zu verarbeiten.

Ella und Jette kamen auf mich zu und umarmten mich. „Mir fällt ein Stein vom Herzen. Eigentlich wollte ich euch das nicht antun, aber ich kann mich nicht länger verleugnen und muss mich um meinen Frieden kümmern. Ich habe eurem Vater die Freundschaft angeboten, in der Hoffnung, dass uns eine Schlacht erspart bleibt. Wenn wir ihn noch ein wenig in Ruhe lassen, damit er seine Wunden lecken kann, sehe ich eine Chance, dass wir alle wie Sieger aus dieser Geschichte herausgehen. Ludwig ist gewiss nicht gerne so, wie er ist. Er hat sich verirrt, aber ich werde auf diesen Irrwegen nicht weiter mit ihm laufen."

„Du bist uns keine Rechenschaft schuldig. Es ist dein Leben Mama. Aber schaffst du das denn ganz alleine? Wo gehst du denn dann hin?" Ella blickte mich bekümmert an. „Es ist alles genau durchdacht und geplant. Wahrscheinlich verkaufen wir das Haus. Ich werde mir in der Stadt eine kleine Wohnung suchen. Meine Auftragslage ist derzeit gut und es würde mir zum Leben reichen. Ihr seht also, es gibt keinen Grund, sich Sorgen zu machen." „Wirklich nicht?"

Jette schien skeptisch. Ich streichelte ihre Wange. „Wirklich nicht. Versprochen. Alles wird gut."

Wir erhoben uns von den Stühlen und nach einer innigen Umarmung schob ich die beiden schnell zur Türe hinaus, damit die Heulerei ein Ende nahm. Schade nur, dass Ludwig nicht dabei war. Ach, er hatte so viel verpasst. Eigentlich war es nur das Jahr gewesen, in dem die Kinder zu uns kamen, in dem er sich um sie bemüht hatte. Schnell wurde auch ihre Liebe zu einer Bedrohung für ihn. Nun saß ich alleine mit Molly in der verwaisten Küche auf dem Boden und lehnte mich an den Kühlschrank. Der Hund drückte seinen Kopf an mein Bein und ich kraulte sie hinter den Ohren. Zwei tiefe

Seufzer hallten durch den Raum. „Das war`s mein Mädel, jetzt sind nur noch wir beide übrig. Und, soll ich dir was sagen? Es ist schrecklich. Ich werde die Mädchen vermissen. Du nicht auch?" In diesem Moment fehlte mir Jophiel. Es überkam mich eine schmerzliche Sehnsucht.

Ich wollte meine beiden Engel immer bei mir haben und kaufte bei der netten Verkäuferin in dem Schmuckladen ein kleines E für Ella und ein J für Jette. „Das sind ihre beiden Töchter, nicht?" „Ja, sie sind beide ausgezogen und das Vermissen tut noch richtig weh." „Das kann ich verstehen. War bei mir genauso, als mein Sohn gegangen ist. Aber es lässt nach und irgendwann fand ich meine Freiheit sogar wieder schön."

Drei Wochen nach dem Auszug der Mädchen fand ich zufällig ein kleines Atelier in der Stadt, das meinem Geldbeutel entsprach. Ich hielt mich, so oft es ging, dort auf, um meinem Ziel endlich ein Stück näherzukommen. Ein kleines, gemütliches Schlafsofa, ein Schreibtisch, eine Nische mit Kochgelegenheit und ein winziges Badezimmer gehörten zu dem Inventar des Ateliers. Es mangelte an nichts, um sich in diesen vier Wänden mehrere Stunden oder auch

Tage aufzuhalten. Molly döste zumeist auf ihrer Decke, sie kam auch schon in die Jahre und ich konnte in Ruhe arbeiten. Es kostete mich viel Zeit, Fantasie und Muße mir passende Motive für die verschiedenen Anlässe, die ich für die Ewigkeit festhalten sollte, auszusuchen. Noch wohnte mein Mann mit mir in dem Haus. Wenn wir beide daheim waren, herrschte eine eisige Stimmung und ich war froh über die Möglichkeit ins Atelier zu flüchten.

Der letzte große Auftrag kam von einem Kindergarten. Man musste sie einfach lieben, die kleinen, lebendigen, unbekümmerten Seelen, die von der rauen Welt der Erwachsenen noch nichts ahnten. Ihre Natürlichkeit faszinierte mich und spiegelte sich auf den Fotos genauso wider. So bastelte ich auch an diesem Mittag intensiv an einigen Fotomappen herum, als plötzlich Ludwig zur Türe hereinkam. Überrascht blickte ich in seine finstere Miene. Wutentbrannt und mit erzürnter Stimme redete Ludwig zu meinem Erstaunen ohne Punkt und Komma. „Ich bin hier, um dir zu sagen, dass ich die Scheidung will. So kann es nicht weitergehen. Du bist meine Frau und auch nicht meine Frau. Du vernachlässigst alle deine ehelichen Pflichten. Meinst wohl, du seist was Besseres. Selbst für meine Treffen mit den Geschäftspartnern bist du dir zu fein, seit du deine blöde Nummer mit der Selbstfindung hier abziehst. Es reicht. Der Makler weiß bereits Bescheid und sucht einen Käufer für das Haus. Nun hast du endlich, was du wolltest. Du hast alles kaputt gemacht. Allein deine Schuld."

Mir stockte der Atem. Ich schaute Ludwig entgeistert an. Seit Wochen sprach er kaum noch mit mir. Hatte er denn meinen Trennungswunsch nicht ernst genommen? Alles von sich geschoben und tatsächlich erwartet, ich würde unter diesen Umständen weiter zu seiner freien Verfügung stehen? Was war nur in ihn gefahren? Ich kratzte all meine Geduld zusammen, schluckte still die Kränkungen und wägte die Worte, die ich sagen wollte, gründlich ab, um seine Wut nicht noch mehr anzuheizen. „Es tut mir leid, Ludwig, dass du nicht verstehen willst. Unser Boot ist längst gekentert. Das mit dem Makler ist eine gute

Idee. Ich werde mich auf die Suche nach einer geeigneten Wohnung machen. Hast du schon eine neue Bleibe?" Zornig donnerte er mir entgegen: „Das geht dich nichts an, ich interessiere dich doch sowieso nicht mehr!" Er machte auf dem Absatz kehrt und knallte die Türe mit Nachdruck hinter sich zu.

Unsicherheit und Furcht klang in seinen Worten und er tat mir leid. Er wusste, dass es keinen Schuldigen gab, und ich verstand, dass jeder der Beteiligten bei einer Trennung lieber der Verlassende und nicht der Verlassene sein möchte, um sich ein Mindestmaß an Würde zu bewahren. Ludwig ging nun mit dem Triumph, mich verlassen zu haben. Ein wichtiger Aspekt für meinen Mann, seiner Entscheidungskompetenz nicht enthoben worden zu sein.

Das war also das „Aus" meiner Ehe und es fühlte sich nicht einmal schlimm an. Ich musste ihn nicht mehr überzeugen und ich musste ihn auch nicht mehr versöhnlich stimmen. Jegliche Erwartungen fielen von mir ab. Von ganzem Herzen wünschte ich ihm einen Moment des Erkennens und den Mut, zu sich und seinen Gefühlen zu finden. Ein Ausbruch aus seinem selbst erschaffenen Gefängnis würde ihm das wahre, liebende Leben offenbaren.

Mein größter Fehler in all den Jahren bestand darin, dass ich versuchte, die Mauer, die er um sich gebaut hatte, zu sprengen. Wenn er meine Freundschaft annehmen wollte, stand mein Angebot. Mehr konnte ich nicht tun. Die Wogen glätteten sich in meinem Herzen und ich war bereit, ihm zu verzeihen. Ein kleines silbernes Vorhängeschloss, mit einem Schlüssel, baumelte seither an meinem Armband. Ein Zeichen dafür, dass der Schlüssel für seine Herzenstüre immer greifbar war. Ludwig musste sich nur überwinden. Es tat so gut, endlich loszulassen. Die Worte Jophiel's begleiteten mein Denken: „Alles, was leicht von statten geht, hat deine innere Zustimmung."

Einen Monat später zogen Molly und ich in meine erste eigene Wohnung. Das Haus war verkauft, leergeräumt und von dem Geld, das mir zustand, richtete

ich mich gemütlich ganz nach meinem Geschmack ein. Mein Mann hatte sich nach dem Verkauf des Hauses einen nagelneuen Audi gekauft und gleich dazu noch die passsende Frau angelacht. Es war seine Art, dem verletzten Ego wieder Befriedigung zu verschaffen. Er sprach nur das Allernötigste mit mir, jedoch gab ich die Hoffnung nicht auf, dass er irgendwann über seinen Schatten springen würde.
Der Hund und ich tingelten lustig zwischen dem Atelier und meinem neuen Zuhause hin und her. Wir machten ausgiebige Spaziergänge, besuchten die Mädchen oder sie kamen zu mir. Ich konnte die langersehnte Freiheit, vor der ich mich so gefürchtet hatte, genießen. Aus der Einsamkeit zu zweit wurde Alleinsein mit mir. Langeweile war ein Fremdwort für mich. Berauscht von meiner neu gewonnenen Lebensqualität stürzte ich mich in die kulturelle Szene. Oh, es gab so vieles zu entdecken.

Wenn ich so unterwegs war, glaubte ich manchmal, Jophiel zu sehen, aber ich täuschte mich leider immer. Von Herzen gerne wollte ich ihm sagen, dass mein Leben schön war und ich es nicht länger verschwende, um andere Menschen bei Laune zu halten. Dass meine Angst zwar noch vorhanden war, aber keine zerstörenden Kräfte mehr besaß. Dass ich mich mochte, mit all meinen Schwächen und meinen Gefühlen. Und natürlich, wie viel ich ihm zu verdanken hatte.

Damit ich Jophiel und seine Leichtigkeit nie vergass, kaufte ich eine weiße Schneeflocke und befestigte sie an meinem Bettelarmband. Die Verkäuferin brannte förmlich darauf, zu erfahren, welche Bedeutung sich denn hinter diesem Anhänger verbarg. „Ach wisse Sie, so schwerelos wie die Schneeflocken vom Himmel herunterrieseln, wünscht man sich doch das Leben. Sie soll mich immer daran erinnern, dass wir nicht dazu verdammt sind, auf dieser Erde zu leiden, sondern dass wir glücklich sein dürfen."

Mit Stolz betrachtete ich die Sammlung, der vielen schönen Anhänger an meinem Handgelenk. Jeder einzelne von unschätzbarem Wert, jeder ein Gefühl.

Zurück im Jetzt

Gespannt schaute ich in Fritjofs müde Augen. Zwei lange Abende hatte er mir geduldig und aufmerksam zugehört. Der Versuch, eine längere Pause einzulegen und einen Abend nicht in meiner Vergangenheit zu stöbern, scheiterte. Fritjof brannte darauf zu erfahren wie es mir erging. Anstatt gemütlich bei unserem Italiener etwas zu Essen, holten wir uns einen Kebap um die Ecke und machten sogleich dort weiter, wo ich unterbrochen hatte. Mich rührte sein ehrliches Interesse.

„Und?" fragte ich ihn erwartungsvoll. Er hielt mich fest, zog mich an sich und küsste mich innig. „Eigentlich bin ich sprachlos. Ich bin überwältigt, von deinem Vertrauen. Danke, Mareike, dass du deine Seele vor mir ausgebreitet hast. Deine Geistesreise brachte dir innere Zustimmung und Frieden. Du glaubst gar nicht, wie wertvoll das ist. Wenn ich während meiner

Ehe zu einer Reflektion, einer Aufarbeitung bereit gewesen wäre, hätte es nicht so enden müssen. Ich war nicht immer der, der ich heute bin. Unseren Eltern und uns wurde die Schuld einer ganzen Generation auferlegt. Pflichtbewusstsein, Disziplin und Gehorsam standen weit über den Gefühlen und menschlicher Wärme. Angst blockierte die medialen Fähigkeiten und unser Sinn wurde mit dem Nutzen vertauscht. Die neue Generation macht sich gerade frei von verstaubten Strukturen und veralteten Traditionen. Vor allem den jungen Männern kommt es zugute, wenn sie lernen dürfen, mit ihren Emotionen umzugehen. Schwäche zu zeigen bedeutet, unglaublich stark zu sein."

Erleichtert lag ich in seinen Armen, glücklich darüber, mein kleines Geheimnis geteilt zu haben. Fritjof und ich harmonierten und ergänzten uns in allem, was wir taten. Unser Umgang war so ehrlich. Keiner muss sich verstellen. Wir philosophierten stundenlang, besuchten Konzerte, Tanzveranstaltungen und

Vorlesungen. Manchmal schrieb er anschließend einen Artikel darüber und ich lieferte die Fotos. Die Mädchen besuchten uns regelmäßig. Sie mochten Fritjof sehr. In seiner Scheune richtete ich mir ein Fotoatelier ein und kündigte meinen angemieteten Raum in der Stadt. Einige Monate später zog ich mit Sack und Pack, und natürlich mit Molly, zu ihm in das wundervolle, romantische Häuschen.

Sogar Ludwig schaute, wenn auch selten, mit seiner neuen Partnerin bei uns vorbei. Ob es die Neugierde war, die ihn zu mir trieb, ein Gefühl oder doch ein wenig Reue, konnte ich nicht erkennen. Auf jeden Fall passte seine neue Lebensgefährtin ausgezeichnet zu ihm. Ich wusste stets, tief in meinem Innern, dass es sie irgendwo gab, die Frau, die mit Ludwig keine Probleme hatte. Vielleicht war sie ja genauso gestrickt wie er und war glücklich über eine distanzierte, wortkarge und gefühlsarme Beziehung. Ich freute mich für die Beiden. Sie schienen sehr zufrieden zu sein.

Bei einem Spaziergang über die bunten Wiesen hielt ich Fritjofs Hand ganz fest, als hätte ich Angst, das Glück, das mir zuteilwurde, zu verlieren.

Mareike

Manchmal denke ich immer noch, dass ich träume. Seit meiner Reise mit Jophiel halte ich nichts mehr für unmöglich, denn Wunder geschehen meistens dann, wenn wir den Glauben an alles verloren haben, wenn wir vor Herausforderungen gestellt werden, die verlangen, dass wir uns wahrhaft betrachten.

Ich wagte den Absprung, änderte die Dinge, die ich ändern konnte, und ließ zurück, was ich nicht ändern konnte. Den Menschen, die mir Unrecht taten, verzieh ich, bat um Vergebung an mir und befreite mich von Schuld. Mein Weg mit Jophiel hat keinen besseren Menschen aus mir gemacht, aber mit Sicherheit einen, der sich endlich kennen und lieben gelernt hat. Wenn mich trotzdem Zweifel und die traurige Schwere einholen, wenn Verletzungen tief unter die Haut gehen, habe ich nun das nötige Handwerkszeug in meinen Händen. Werkzeug, das verloren gegangen war. Jophiel hat es für mich ausgegraben. Jeder Mensch besitzt es, weiß jedoch zuweilen nicht mehr darum und manche wollen es auch nicht wissen.

Ich bin nicht mehr stehen geblieben, in dem, was mir widerfahren ist und habe mich bedauert, sondern mein Leben in die Hand genommen, um die volle Verantwortung dafür zu tragen.

Auf dieser Erde zu leben heißt, Lehrer und Schüler zugleich zu sein. Die Lektionen werden bis zu unserem Tod nicht enden. Wer von sich behaupten kann, er sei nun vollständig, er habe genug gelernt, der hat noch nicht einmal angefangen. Denjenigen fehlt es an Hingabe und der Verbindung zu sich selber. Sie werden zumeist ziemlich unsanft eines Besseren belehrt.

Ich habe keine Ahnung, wie meine Reise weitergeht, und dieses „Nichtwissen" bereitet mir keine Angst mehr. Endlich darf der Augenblick sein, was er ist, nämlich mein Leben. Es warten bestimmt noch einige

Seiten darauf, gefüllt zu werden. Egal, was da kommen mag, ich werde versuchen, es zu akzeptieren und in Liebe zu empfangen.

Und Jophiel? Der ist unterwegs. Im Auftrag der Liebe geht er mit jedem, der einen Richtungswechsel sucht und bereit ist, sein Leben zu sortieren. Manchmal höre ich seine Melodie in einem Wald, im Parkhaus, in der Stadt oder im Wind. Und es beruhigt mich ungemein.

Dankeschön,

an die lieben Spürnasen, die (fast) jeden Fehler entdeckten.

an meine vielen Mutmacher. Schön, dass Ihr auch dann an mich glaubt, wenn ich es nicht mehr tue.

für die konstruktive Kritik. Nur die bringt mich weiter.

liebe Familie, für Eure Geduld mit mir.

Autorenvita

Astrid Ebi, 1966 in Mettmann geboren, lebt mit ihrem Mann, den vier Kindern und Familienhund Maila seit vielen Jahren im Schwarzwald. Bis zur Geburt des ersten Kindes arbeitete sie als gelernte Einzelhandelskauffrau. Sie widmete sich in den Folgejahren ausschließlich ihren vier Kindern und schrieb während dieser Zeit bereits Gedichte, Kurzgeschichten und Liedtexte. Heute arbeitet Astrid Ebi als Sekretärin im Pfarrbüro und schöpft in ihrer Freizeit Kraft aus dem Schreiben von Büchern. Ihre Romane sind dem Leben nahe, authentisch, lieblich und fantasievoll und zeugen von vielen Erfahrungen mit menschlichen Schicksalen. Sie ist überzeugt, dass unsere Seele keine komplizierte Sprache braucht, sondern wenige einfache Worte und Taten der Liebe sie fliegen lassen.